浪花朵朵

大作家写给孩子们

# 丛林故事

[英] 约瑟夫·鲁德亚德·吉卜林 著
[英] 莫里斯·代特莫尔德
[英] 爱德华·代特莫尔德 绘
商晓芳 译

江苏凤凰文艺出版社
JIANGSU PHOENIX LITERATURE AND ART PUBLISHING

**图书在版编目（CIP）数据**

从林故事 /（英）约瑟夫·鲁德亚德·吉卜林著 ；（英）莫里斯·代特莫尔德，（英）爱德华·代特莫尔德绘 ；商晓芳译. -- 南京 ：江苏凤凰文艺出版社，2025. 1（2025. 7 重印）.（大作家写给孩子们）. -- ISBN 978-7-5594-9039-1

Ⅰ. I561.84

中国国家版本馆 CIP 数据核字第 20242FA998 号

# 丛林故事

［英］约瑟夫·鲁德亚德·吉卜林 著

［英］莫里斯·代特莫尔德 ［英］爱德华·代特莫尔德 绘 商晓芳 译

| | |
|---|---|
| 编辑统筹 | 尚 飞 |
| 责任编辑 | 曹 波 |
| 特约编辑 | 卢星童 梁子嫣 |
| 装帧设计 | 墨白空间·李 易 |
| 出版发行 | 江苏凤凰文艺出版社 |
| | 南京市中央路 165 号，邮编：210009 |
| 网 址 | http://www.jswenyi.com |
| 印 刷 | 河北中科印刷科技发展有限公司 |
| 开 本 | 880 毫米 ×1230 毫米 1/32 |
| 印 张 | 7.875 |
| 字 数 | 152 千字 |
| 版 次 | 2025 年 1 月第 1 版 |
| 印 次 | 2025 年 7 月第 2 次印刷 |
| 书 号 | ISBN 978-7-5594-9039-1 |
| 定 价 | 78.00 元 |

# 目　录

蝙蝠曼尼释放了夜色，

黑鸢[1]兰恩又把它带回了家——

牛群被囚禁在牛棚和茅屋里，

因为我们想要放纵到天明。

这正是展现荣耀和威严的时刻，

利爪、獠牙、巨钳尽数使出。

听，听那呼声！祝大家狩猎顺利——

致遵守《丛林法则》的全体狩猎者！

——丛林夜歌

① 鹰科鸢属的一种中型猛禽。

# 莫格里的兄弟们

七点，西奥尼山上一个温暖的夜晚，狼爸爸睡了一天，这会儿睡醒了。他挠了挠痒，打了个哈欠，挨个儿撑开每个脚爪，把残留在脚趾间的睡意统统驱散。狼妈妈还躺着，她那大大的灰鼻子贴着四个还在满地打滚、嗷嗷待哺的狼崽子。此时的月光刚好照耀在这一大家子居住的山洞口。

“嗷呜！”狼爸爸发话了，“该出去打猎啦。”说完，他正准备一个纵身跳下山，忽然，一个拖着蓬松大尾巴的小黑影闪到了门口，可怜巴巴地说：“大王好运，祝大王的高贵子孙们都生来好运，有一口结实的大白牙，此生都不会忘了这世上还有挨饿的。”

说这话的是只豺——塔巴奇，他是个专吃剩饭的家伙。

印度狼们没一个瞧得起他，因为他到处耍小心机，搬弄是非，在人类村落的垃圾堆里找破布和烂皮子充饥。然而，大家也都怕他，因为塔巴奇比谁都容易发疯病。发起病来，他就把自己曾经怕过谁都忘得一干二净，还在森林里横冲直撞，谁挡了他的道他就扑上去咬谁，就连大老虎见他发疯也要退避三舍。要知道在丛林中，发疯是种病，一种最可耻的病。人类把这种病称为“狂犬病”，在动物界被称为“德万尼”——疯病——谁遇上了都跑。

“进来自己看吧，”狼爸爸冷冷地说，“可这儿啥吃的也没有。”

“对你们狼来说，是没有，”塔巴奇回应道，“可对像我这样卑微的豺来说，一根干巴巴的骨头都算得上盛宴。我们豺族算老几，哪有什么资格挑三拣四？”他直冲进洞穴深处，找到了一根沾着一丁点肉星的公鹿骨头，连忙坐下来咔嚓咔嚓地啃着，啃得不亦乐乎。

“万分感谢您赏口饭吃，”他舔着嘴道，“瞧瞧您的孩子们，个个都长得这么精神，无一不展露出狼族的高贵！看看这一双双大眼睛！还这么年轻就气度不凡！我记得这些孩子打出生就有着英雄气概，绝对错不了，千真万确！”

塔巴奇当然明白，像这样在父母面前恭维他们的孩子很不吉利，但能看到狼爸爸和狼妈妈不高兴的样子，他心里乐开了花。

塔巴奇就在一旁静静地坐着，幸灾乐祸地享受着他刚刚给狼爸狼妈制造的不快，然后又不怀好意地说：

“大老虎谢尔汗最近换了他的狩猎场。从下个月起，他将会在这附近的山里狩猎，他是这么跟我说的。”

谢尔汗是住在二十英里[①]之外的瓦伊甘加河畔的一头猛虎。

“他没有权利这么做！”狼爸爸生气了，“根据《丛林法则》，他无权在没有事先告知的情况下更换狩猎场。他这么做会吓跑方圆十英里之内的猎物，我这几天可还得捕双份的食物呢。”

“他的妈妈管他叫‘瘸子’可不是随便叫的，”狼妈妈平静地说，“他打出生就瘸了一条腿，所以他只能猎杀耕牛。这可把瓦伊甘加的村民给惹火了，他就又跑到我们这儿来招惹我们的村民。大伙会满林子地抓他，他能溜之大吉，可村民们会放火烧山，我们全家都得跑。确实，我们还真得感谢他谢尔汗呢！”

---

① 1 英里约合 1.6 千米。

“是否需要我向他转告你们的感激？”塔巴奇说。

“滚！”狼爸爸吼道，“滚去和你的主子一起狩猎吧！你今晚干的坏事也够多了。”

“我走就是了，”塔巴奇泰然自若地说，“你们自己好好听听，谢尔汗就在山下的林子里呢。我原本不用费劲来跟你们通风报信的。”

狼爸爸竖起耳朵听着，在这黑漆漆的夜晚，从山下通向一条小河的山谷里传来老虎干涩、粗鲁的哀号，那单调的吼声中充斥着怒气，全然不在意让整座丛林都知道他一无所获。

“这个蠢货！”狼爸爸说，“晚上开工竟然以吼声开场！他是不是以为，我们这儿的公鹿跟瓦伊甘加那群肥肥的小公牛一样蠢？”

“嘘！公鹿和小公牛都不是他今晚的目标，”狼妈妈说，“人才是。”虎啸声变成了一种低沉的呜呜声，仿佛从四面八方传来——这种声音会让在野外露宿的樵夫或吉卜赛人迷路，有时甚至还会让他们撞入虎口。

“人！”狼爸爸说，他的一口白牙都龇了出来，“呸！池塘里的甲壳虫和青蛙是都被吃光了吗？他竟然打起了人的主意，还是在我们的地盘上！”

《丛林法则》中的规定都有其道理。它禁止任何野兽吃人，除非是要教孩子们如何捕杀猎物，但即便如此，也得去自己的部落或兽群以外的地方。之所以如此规定，是因为捕杀人类就意味着迟早有一天，骑着大象、拿着猎枪的白人会带着几百个手持铜锣、弩箭和火把的棕色皮肤的人来到丛林里，到那时整座丛林的动物都得遭殃。野兽们自己给出的原因则是：人类是所有生物中最弱小、最没有防御能力的，所以对他们下手是毫无气度、卑鄙可耻的。他们还说——这可是真的——吃人的动物会长疥癣，还会掉光牙齿。

呜呜声越来越响了，最后传来老虎扑食时发出的虎啸——“啊呜！”

紧接着又传来一声毫无虎威的哀号，是大老虎谢尔汗发出的。“他失手了，”狼妈妈说，“怎么回事？”

狼爸爸跑出去几步，听见谢尔汗在矮树丛里到处乱扑腾，怒气十足地骂个不停。

“这个蠢货一定是蠢得跳到了樵夫生的篝火上，烫伤了自己的脚，”狼爸爸咕哝了一声说道，“塔巴奇跟他一伙呢。”

“有什么东西上山来了，”狼妈妈说，一只耳朵抽动了一下，“我们得小心了。”

树丛里的枝条发出了簌簌声，狼爸爸俯下身子，做好了纵身一跃的准备。如果这会儿你在一边看着，就能看到这世上最精彩的一幕——狼居然在腾空而起时收住了脚。原来他都没看清自己的目标就跳到了半空，然后又不得不让自己停下。结果就是他跳到四五英尺[①]的空中后，又几乎直接落回了起跳的地方。

“是人！”他脱口而出，“是个人类的幼崽。快看！”

站在狼爸爸面前的是一个全身赤裸、棕色皮肤的小孩，他手握一根矮枝，看样子才刚会走路——还从来没有一个如此肉嘟嘟的、带着酒窝的小家伙在夜间来到狼窝呢。他抬头看着狼爸爸的脸，露出了笑颜。

“那就是人类的幼崽？”狼妈妈说，“我还从来没见过呢。快把他带过来。”

狼族很擅长于用嘴巴来移动自己的幼崽，如果有需要的话，即使叼着一颗鸡蛋，狼也不会弄碎它。因此，小家伙被狼爸爸叼住背部放到狼崽子们中间时，一寸皮肤都没有被刮伤。

“多么小！多么光滑，多么勇敢啊！”狼妈妈温柔地说道。小家伙在狼崽子中间摸索着，好靠近暖和的狼皮。“哇！他居然跟我们的狼崽子一起吃东西呢。这就是人类的

---

① 1 英尺约合 0.3 米。

幼崽。哪头狼敢吹嘘，自家窝里的狼崽子中竟有个人类的幼崽呢？”

“我以前倒是听说过这样的事，可在我们的狼群里、我们这一辈里，那可是头一回。”狼爸爸说，“这个人类幼崽浑身上下光溜溜的，我一脚就能把他踹死。可你瞧，他还敢抬头看，一点儿都不害怕。”

谢尔汗的大方脑袋和宽肩膀就在此时塞进了洞口，挡住了月光。塔巴奇就在他身后，细声细气地说：“我的虎大爷，虎老爷，他就是进了这儿！”

“谢尔汗大驾光临，我们无上荣光，”狼爸爸嘴上这么说着，眼中却只有愤怒，“请问我们的谢尔汗大老爷需要什么呢？”

“我的猎物，一个人类幼崽，朝着这个方向过来了。”谢尔汗说，“他的爸妈全跑了。把他交给我。”

正如狼爸爸刚才说的，谢尔汗踩到了樵夫的篝火，把脚给烫伤了，可把这位虎老爷疼得气不打一处来。当然，狼爸爸很清楚，谢尔汗这个大老虎是挤不进这狭窄的洞口的。就算像现在这样，他的肩膀、前爪也都已经局促地挤在一块儿动弹不得，就好比一个人要在木桶里打架。

“狼是自由民，”狼爸爸说，“只听狼群首领的命令，不会听命于身上满是条纹、滥杀牲口的家伙。人类幼崽是我们的，生死由我们说了算。”

“什么叫由你们说了算？这是什么话？我以我杀掉的公牛发誓，难道真要我亲自钻进你们的狗窝，找回属于我的猎物吗？我可是谢尔汗！看看是谁在跟你们说话！”

老虎的吼声震动了整个山洞。狼妈妈抛下身边的孩子冲上前，她绿色的眼珠像是黑暗中发着绿光的月亮，此刻正直勾勾地盯着谢尔汗冒火的双眼。

“我，拉克莎，现在做出如下答复：这个人类幼崽现在属于我，你这个瘸子——他是我的！谁也别想杀他。他会活下去，和狼群一起奔跑，和狼群一起狩猎；而你，瞧瞧你自己，你这个连幼崽、青蛙、鱼儿都要猎杀的家伙，终有一天你会被他猎杀！现在给我滚开，否则我将以我杀掉的大公鹿发誓（我可不吃挨饿的公牛），你会比出生时瘸得更厉害！快滚回你妈那儿去，你这个被丛林之火烧伤的败类，还不快滚！”

狼爸爸用惊异的目光望着狼妈妈。他几乎已经忘了，当初自己是如何与其他五头狼决斗才俘获了狼妈妈的芳心的。狼妈妈当初在狼群里被称为“魔鬼”，这可不只是个恭维她的虚名。谢尔汗也许能和狼爸爸对着干，可他对付不了狼妈妈，他很清楚，这会儿狼妈妈占据了一切有利地形，而且抱着决战到死的心。于是，谢尔汗低声咆哮着退出了洞口，等到了洞外，他大吼道：

“每只狗都只会在自家院子里汪汪叫！狼群会怎么评判你们私自收养人类的崽子？走着瞧吧！这小崽子早晚是我的，总有一天会塞到我的牙缝里，你这大尾巴的狼贼！”

狼妈妈喘着粗气倒回了小狼崽子中，狼爸爸郑重其事地对她说：“谢尔汗说得也没错，必须把这个人类幼崽带到狼群面前给他们看看。你现在还打定主意把他留着吗，孩儿他妈？”

“留着！”她气喘吁吁地说，“他光着身子，大半夜的，一个人，饿着肚子，可一点儿都没有害怕！看看，他都已经把我们的一个小狼崽子挤到一边去了。那个坏瘸子准会杀了他，然后逃回瓦伊甘加，可村里的人类会到我们这儿报仇，把我们的窝搜个遍。要不要收留他？我当然要收留他。好好躺着，别乱动，小青蛙。哦，你这个莫格里，我就叫你青蛙莫格里吧。现在谢尔汗四处捕杀你，终有一天将轮到你捕杀他！”

“可我们的狼群会怎么说呢？”狼爸爸说。

《丛林法则》明明白白地规定，任何狼结婚后都可以退出他曾属的狼群，可一旦他的幼崽能够自己站立，就得被带去狼群大会，以便让其他狼认识他们。狼群大会在每个满月之日召开。在这次考察后，幼崽们就可以随心所欲地四处奔跑了。在狼崽子们猎杀第一头公鹿之前，狼群里的任何成年狼都不能猎杀狼崽子——如若不然，凶手就会被处死。你只要稍微想一想，就会知道必须这么做。

狼爸爸等到狼崽子们能稍稍跑起来的时候，在召开狼群大会的晚上把狼崽子们、莫格里和狼妈妈一起带去了议会岩——一个满是各种石头的山顶，能藏得下一百头狼。凭借着力量和智慧统领狼群的阿克拉是一头独身的巨大灰狼。他此刻正慵懒地躺在岩石上，下方趴着四十多头大大小小、各色毛皮的狼。有能单独对付一头公鹿、长着与獾同色毛皮的老将，也有自以为可以杀死公鹿的年仅三岁的小黑狼。阿克拉统领狼群已经一年了，他年轻时曾两次掉进捕狼的陷阱，还有一次挨了毒打后被当作死了扔在一边，所以他很了解人类的风俗习惯。

在议会岩，大家很少吭声。小狼崽子们在爸爸妈妈围坐起来的圈子里互相嬉闹。年长的狼会时不时地悄悄来到一只幼崽旁边，仔细观察一番，再悄无声息地离开。有时，狼妈妈会把她的幼崽远远地推到月光下，免得狼崽子被漏看。阿克拉总会站在岩石上高喊：“《丛林法则》你们都知晓——《丛林法则》！全体成员都得好好看看！”焦急的狼妈妈们会跟着喊道：“对对对——大伙好好看看！”

终于，是时候了，狼妈妈脖子上的鬃毛统统竖了起来——狼爸爸把那个被他们叫作“小青蛙莫格里”的小家伙推到了中间。莫格里乐滋滋地坐着，手里还玩着几颗在月光下闪闪发亮的鹅卵石。

阿克拉压根就没抬头，只是单调地重复着“好好看看”。一阵闷闷的吼声从岩石后传出来——正是谢尔汗在嚷嚷：“这个小崽子是我的，把他还给我。自由的兽民要人类的幼崽做什么？”

阿克拉连耳朵都没有动一下，只是说：“好好看看，所有的狼民。自由的兽民只听从自由的兽民的命令！好好看看！”

一阵低沉的狼嚎声响起，一头四岁的年轻狼向阿克拉抛出了谢尔汗的问题：“自由的兽民要人类的幼崽做什么？”

《丛林法则》明确规定，如果对某个幼崽是否应该被狼群接纳存在争议，则该幼崽需要获得除其父母以外至少两个狼群成员的支持。

“谁要为这个幼崽说话？”阿克拉问，“自由的兽民们，

你们中有谁为他说话？”然而毫无应答。狼妈妈已经做好了准备——她很清楚，如果真的打起来，这将会是她生命的终结之战。

这时，唯一一个被接纳参加狼群大会的非狼族成员巴罗——一只爱打瞌睡的棕熊——咕哝着用后脚站了起来。这只老熊负责教小狼崽们《丛林法则》，由于他只吃坚果、植物的根和蜂蜜，所以被允许随意来去。

“人类的幼崽——人娃娃？”他说，“我愿意为他说话。他对大家无害。我说不出什么大道理，但我说的是实话。请允许他在狼群中奔跑，和其他狼崽子一起加入狼群的大家庭。我会亲自教导他。”

“我们还需要有一位自由的兽民为他说话，”阿克拉说道，“巴罗为这个人类幼崽说了话，他是狼崽子们的老师。除了巴罗，还有谁愿意为人类幼崽说话？”

一个黑影跳进了圈里，正是黑豹巴格西拉。他浑身乌黑，可是在特定的光线下就会显现出水纹绸一般的豹类标志性纹路。这儿的每一位都认识巴格西拉，谁都不敢惹他，因为他和塔巴奇一样狡猾，同时又如野牛一般勇猛，甚至会像受伤的大象那样肆无忌惮。但他说话的声音和树上滴下的野生蜂蜜一样甜，他的毛皮比绒毛还要软。

“噢，阿克拉，还有诸位自由民，”他低语道，“其实我是没权利参加你们的聚会的。但是《丛林法则》规定了，如果对一个幼崽有异议，又没到需要杀了他的地步，那么可以以一定的价钱来赎他的命。而且法则里也没有规定谁可以买，谁不可以。我没说错吧？”

“太对了！太对了！”年轻的狼们纷纷呼应，他们总是饥肠辘辘的，“听巴格西拉的。这个幼崽可以被买下，这可是《丛林法则》规定的。”

“我知道我无权在这儿发言，我请求你们的允许。”

“你说吧！”二十个声音一起喊道。

“杀死一个光溜溜的幼崽是可耻的。再说了，等他长大了，他可能会为你们带来更好的猎物。巴罗已经为他说过话了。现在，算上他的意见，我再加上一头公牛——一头刚被杀死的肥牛——离这儿不到半英里，只要你们肯按照《丛林法则》的规定接受这个人类幼崽。这不难吧？”

几十头狼发出乱哄哄的喧哗声：“这有什么？他可能会在冬天的雨中冻死，在夏天的烈日下晒死。这么一个毛都不长一根的小青蛙，对我们能有什么危害？就让他跟着狼群去吧。公牛呢，巴格西拉？我们接纳他了。”接着又传来了阿克拉低沉的吼声：“好好看看吧——好好看看，所有狼！”

莫格里还在玩着鹅卵石，没有注意到狼群一头接一头地走过来审视他。最后，所有的狼都下山直奔那头死牛去了，只有阿克拉、巴格西拉、巴罗和收留莫格里的一家没去。谢尔汗还在深夜里咆哮着，他十分恼怒没能把莫格里弄到手。

“哼，尽管吼吧，”巴格西拉说道，声音从胡须底下传出来，“总有一天，这个光溜溜的人类幼崽会让你换个调子叫的，不然就算我对人类一无所知。”

“说得好，”阿克拉说，“人类和他们的幼崽都是很聪明的。关键时刻，或许他能帮上忙呢。”

“一点儿不假，需要的时候他会是一个帮手，毕竟没有一头狼能永远领导狼群。”巴格西拉说。

阿克拉一言不发。他在想，每个狼群的首领都终有一天会精力衰竭，越来越衰老、虚弱，直到被狼群杀死，新首领上位——然后又是一个新的轮回，新首领最终也会被杀死。

“把他带走吧，”阿克拉对狼爸爸说，“记得把他训练成一个合格的自由民。”

就这样，莫格里以一头牛的代价——以及巴罗为他说的

好话——被获准进入西奥尼狼群。

此刻你必须得跳过十年左右的时光，自行想象一下莫格里在狼群间的美好生活——因为如果把这些都写下来，恐怕得攒成一大摞书。他和狼崽子们一起成长，当然，当狼崽子们成年时，莫格里还是个孩子。狼爸爸把自己的本领以及丛林中大小事物的含义都传授给了莫格里。草间传来的每一声响动，夜晚的每一阵暖风，头顶的猫头鹰的每一声啼叫，树上小憩的蝙蝠每一次用爪子发出的抓挠声，池塘里的无数条小鱼每一次跳跃溅起的水花声，莫格里都能熟练辨明个中含义，正如一个商人对他办公室里的每一门生意都了如指掌一般。学本领之余，他就坐着沐浴阳光或是睡觉，要不就是吃东西，然后再去睡觉；当他感觉身上脏了或是热了，他就到丛林中的池塘里游上一圈；当他想吃蜂蜜了（巴罗告诉过他蜂蜜和坚果就如同生肉一样美味），他就爬上树去找，这是巴格西拉亲自示范教会他的。

巴格西拉会躺在一根树枝上喊道：“一起来，小兄弟。”起初，莫格里只能像树懒一样死死地抱住树干不放，但渐渐地，他也学会了如猴族般无所顾忌地纵横在枝蔓间。开大会的时候，他也有模有样地在议会岩上坐下。莫格里还发现，只要他的目光死盯着某一头狼，那头狼就会不敢抬眼，所以他总是以这个方式找乐子。

有的时候，狼会因扎进他们毛皮里的荆棘和刺果而备受煎熬，莫格里总会帮忙把狼朋友们脚掌上的长刺给拔出来。晚上，他会下山到人类的田间，十分好奇地看着屋舍里的村民。但他并不信任人类，因为巴格西拉带他看过一个方盒子，里面带有一个闸门，这盒子非常隐蔽地藏在丛林间，以至于他差点就走进去了。巴格西拉告诉他，那就是陷阱。

莫格里最爱的，莫过于和巴格西拉一起步入幽暗但温暖的丛林深处，昏头昏脑地睡上一整天，到了晚上，就看巴格西拉如何猎捕。饥饿的时候，巴格西拉逮着什么吃什么，莫格里也是——但有一个例外。在莫格里刚懂事的时候，巴格西拉就告诉他，千万不要动公牛的脑筋。毕竟，当年他能被接纳进狼群，是用一头公牛的命换的。

“整座丛林都是你的，”巴格西拉说，“只要你足够强壮，想猎杀谁都行，但看在那头换来了你今天的命的公牛的分上，永远也别杀或吃任何一头牛，无论是老牛还是小牛。这是《丛林法则》的规定。”莫格里自然谨遵师命。他在一天天长大，变得越发壮实。如果一个男孩在不知不觉中学习，且除了吃以外其他什么都不用管，那么他就会长成这副样子。

狼妈妈跟他提过一两回，谢尔汗不是个值得相信的家伙，终有一天莫格里得杀了他。虽然一只狼崽子会时刻牢记妈妈的忠告，但莫格里毕竟只是一个男孩——如果他会说人类的语言，他会称自己为狼——很难一直记在心上。

莫格里总能在丛林里遇上谢尔汗。因为随着阿克拉日渐衰老虚弱，这个瘸腿的老虎和狼群中不少年轻的成员交上了朋友。这些狼跟着他，吃他的残羹剩饭——如果阿克拉严格树立他的权威的话，这种情况是绝对不会被允许的。谢尔汗还常常吹捧他们，质疑为什么他们这些年轻有为的猎手，愿意听从一头垂暮之年的老狼以及一个人类幼崽的指挥。

“他们告诉我，”谢尔汗总是说，“开狼群大会的时候，你们都不敢和他对视。”年轻的狼们听后便竖起全身的鬃毛，嗷嗷嚎叫。

到处都有耳目的巴格西拉也听说了此事，有一两回他苦口婆心地叮嘱莫格里，谢尔汗有一天会来杀他。莫格里听后笑着回答：“我有狼群，有你，还有巴罗。虽然巴罗有点懒，但需要的时候也会为了我挥上两拳。我还有什么好怕的呢？”

在一个十分暖和的日子，巴格西拉想到了一个主意——这主意源于他之前得到的一个消息，也许是豪猪伊基告诉他的。当他和莫格里来到丛林深处，莫格里把头枕在黑豹那张漂亮的黑毛皮上的时候，他对莫格里说：“小兄弟，我都提醒过你多少回了，谢尔汗是你的敌人。”

“次数简直跟那棵棕榈树上的果子一样多，”莫格里回答道，他自然是不会数数的，“怎么啦？我都困了，巴格西拉。谢尔汗就跟孔雀马奥一样，尾巴长，嗓门大。”

“但现在不是睡觉的时候。巴罗知道这事，我知道，狼群知道，就连笨头笨脑的鹿也知道，塔巴奇也告诉过你。”

“哈哈！”莫格里说，“塔巴奇前不久是来找过我，说了些难听的话。什么我是个光着身子的人类幼崽，连挖花生都不配之类的。但我一把抓住他的尾巴，把他往棕榈树上甩了两下，让他以后识相些。”

“你这个小傻瓜！虽然塔巴奇确实是个爱搬弄是非的家伙，但他也会吐露一些和你息息相关的事。睁大你的眼睛，小兄弟！谢尔汗之所以不敢在丛林中对你下手，是因为他害怕那些爱你的兽民。但别忘了，阿克拉已经不再年轻了，等他再也杀不了一头公鹿的时候，他就统领不了狼群了。那些在你第一次被带到狼群大会时审视你的狼也都老了，而年轻的狼受到谢尔汗的挑拨，都坚信一个人类幼崽在狼群里是没有立足之地的。用不了多久，你就将真正成年了。”

“成年了就不能和狼兄弟们一起奔跑了吗？”莫格里说，

“我生于丛林之中，我严守《丛林法则》。我们狼群中，所有成员脚掌上的刺都是我帮着拔出来的，他们当然会是我的好兄弟了！”

巴格西拉舒展了下身子，半闭着眼说：“小兄弟啊，来摸摸我的下巴底下。”

莫格里抬起他强壮的棕色手臂。就在巴格西拉光滑的下巴下面，在那大块起伏的肌肉被光亮的毛皮掩盖的地方，他摸到了一小块秃斑。

“丛林中，没有任何兽民知道我巴格西拉还有这么个记号——那是戴过颈圈的记号。小兄弟啊，我是在人群中出生的，而我的母亲就死在人群中——奥德波尔王宫的笼子里。正因如此，我才会在当年的狼群大会上买下你，当时你还是一个光溜溜的人类幼崽。是啊，我和你一样出生在人群中，之前从没见过丛林。人类把我关在铁栏杆后面，用一只铁盘子给我喂食。直到有天晚上，我意识到我是黑豹巴格西拉，不是人类的玩物，于是我一爪砸开那把没用的锁，逃走了。正因为我了解人类的那一套，所以在丛林中我比谢尔汗更厉害。难道不是这样吗？”

“是的，”莫格里说，“整座丛林都忌惮巴格西拉——除了莫格里。”

“噢，你是人类的幼崽呀。”黑豹巴格西拉用温柔的语气说，“正如我最终回到了丛林里一样，你最终也必将回到人类中去，毕竟人类才是你的兄弟——前提是你没在狼群大会上被杀死。”

“但为什么——为什么他们想要杀我呢？”莫格里说。

“看着我。”巴格西拉说。于是莫格里紧紧注视着他，半分钟后，大黑豹就把头扭开了。

“这就是原因，”他一边说着，一边用爪子在树叶上蹭来蹭去，“即使是我，也无法与你对视，我还是出生在人类中的呢。而且我爱你，小兄弟，其他的动物都恨你，因为他们不敢与你对视，因为你那么聪明，因为你能把他们脚掌上的刺拔出来——因为你是人类。”

“我不知道这些。”莫格里说着，语调中夹杂着郁闷，皱起了他浓黑的眉毛。

“《丛林法则》里是怎么说的？先动拳头再说话。他们看你大大咧咧的，就知道你是人类。你可得精着点！我心里明白，如果下一次阿克拉没有逮住猎物——要知道他每次都得费更大的劲儿才能捕到公鹿——狼群就会背叛他，也背叛你。他们将在议会岩召开狼群大会，然后——然后——我有办法了！”巴格西拉跳起来说道，“你赶紧下山，到山谷中人类的小屋里去，拿些他们独有的红花。到那时，你就会拥有更强大的朋友了——比我，或是巴罗，或是狼群里那些爱你的朋友们更强大。去拿些红花！”

巴格西拉所说的“红花”其实是火，只是丛林里没有谁能正确地称呼它。所有的野兽都非常惧怕火，于是自创了上百种方式来描述它。

“红花？”莫格里说，“就是傍晚时开在他们屋外的那些花？我会去拿的。”

“这才是人类的幼崽该说的话，”巴格西拉骄傲地说，“记住，这花长在小盆子里。快去拿上一盆，以备不时之需。”

“好！”莫格里回答，“我现在就去。但你确定吗，我的巴格西拉？”他把手臂绕在巴格西拉漂亮的脖子上，深深地凝视着那双大眼睛，“你确定这背后都是谢尔汗搞的鬼？”

“我以还我自由的那个被砸坏的锁发誓，我确定，小兄弟。”

“那我以那头你用来买下我的公牛发誓，我一定要让谢尔汗为此付出代价，甚至更多。”莫格里说完，蹦蹦跳跳地跑开了。

“这就是人，一个真正的男子汉。”巴格西拉一边自言自语，一边又躺了下来，“噢，谢尔汗，没有哪次打猎会让你付出比十年前猎捕这只小青蛙更大的代价了！”

莫格里离森林越来越远了，他拼命地跑，心脏怦怦直跳。在傍晚的薄雾升起之时，他回到了狼窝，大口地喘着气，朝着山谷望下去。狼崽子们都不在洞里，只有狼妈妈在洞穴深处，听到这喘气声，她就知道她的小青蛙心里有事。

“怎么啦，儿子？”她说。

“还不是谢尔汗又胡扯了些鬼话，”莫格里回答，“我今晚会去人类的耕地附近打猎。”说完，他穿过林子冲下山，一直跑到了山谷底的小溪边。在那儿，他停了下来，因为他听到了狼群捕猎时的嚎叫声，听到了被逮住的黑鹿的惨叫以及被围困时的鼻息。紧接着，他听到了那些年轻的狼不怀好意的、刻薄的吼叫声：“阿克拉！阿克拉！让独身狼大王给我们示范示范他的力量。给我们的首领让开点地方！冲呀，阿克拉！”

阿克拉一定是猛扑了过去，却失手了，因为莫格里听到了他的牙齿折断的声音，紧接着是黑鹿用前蹄把他撞倒后，阿克拉发出的痛苦的吼叫。

莫格里没有继续等下去，只是闷头向前冲。在他冲向村民们所在的庄稼地后，刚才的各种吼叫声也逐渐消失在他身后。

“巴格西拉说得没错，”莫格里喘着气，在一间小屋窗户下的牛饲料上安顿下来，“明天对阿克拉、对我都至关重要。”

然后他把脸贴向窗，注视着壁炉里的火。他看到农夫的妻子起身，把几块黑色的东西喂给了壁炉。天逐渐亮了起来，雾蒙蒙、白茫茫、冷飕飕的，莫格里看到农夫的孩子拿起一个柳条编织的、抹了灰泥的小盆子，然后往里装了些变得通红的东西，又在盆上罩了条毯子，出门到牛棚喂牛去了。

“原来就是这样？”莫格里说，“如果一个小孩子都能办到，我又有什么好害怕的呢？”于是，他大步流星地绕过屋角，来到小男孩面前，一把夺过他手里的小盆子，随后扬长而去，消失在晨雾中，留下被吓坏的小男孩号啕大哭。

“他们长得和我真像。”莫格里一边学着那个农夫妻子的样子往盆里吹了口气，一边说，“如果我不喂点什么给它吃，它就会死。”于是他扔了些小树杈和干树皮到这火红的东西上。在半山腰，他遇到了巴格西拉，晨露在他的毛皮上如月长石般熠熠生辉。

“阿克拉没有逮住猎物，”黑豹说，“原本他们昨晚就要杀了他，但他们想把你一起解决了。这会儿他们正在山上找你呢。”

“我昨晚在耕地那儿，现在我都准备好了，看！”莫格里举起火盆。

“很好！我见过人类把干树枝戳进去，然后树枝的末端就会开出很多红色的花。你不害怕它？”

“不，这有什么好怕的？我记得——如果不是在梦里的话——在我成为一头狼之前，我就躺在这种红花旁，暖和又舒服。”

那天，莫格里一直坐在洞中照看他的火盆，不断地把干树枝戳进去，观察它们的样子。随后，他找到了一根令他满意的树枝。到了晚上，塔巴奇来到洞中，用很无礼的方式命令他去一趟议会岩，莫格里大笑起来，笑得塔巴奇都跑开了。就这样，莫格里一路大笑着来到了狼群大会。

独身狼阿克拉躺在岩石边——这表明狼群首领的位置目前空缺。谢尔汗和一帮捡他剩饭吃的追随者来回踱着步子，得意扬扬。巴格西拉躺在莫格里身旁，而火盆就在莫格里的膝间。等大家都到齐了，谢尔汗开始吆喝起来——在阿克拉统领的时期，他从没胆子这么做。

“他没这个权利。”巴格西拉小声咕哝着，“你就这么说。他不过是个狗崽子，他会被吓住的。”

莫格里一跃而起。

“自由的兽民们，”他高声说，“是谢尔汗在领导我们的狼群吗？我们的首领跟一只老虎有何瓜葛？”

“因为现在你们的首领之位正空缺，我便受邀前来发

言——”谢尔汗开始说话。

“是谁邀请你的？”莫格里说，“难道我们都是豺吗，得讨好你这个杀戮耕牛的屠夫？狼群的首领只由狼群自己来决定。”

各种吵嚷声响了起来——

“闭嘴吧，你这个人崽子！”

“让他说！他一直都谨遵我们的法则！”

最后，狼群中的长者们发出了雷鸣般的怒吼：“让‘死狼’说！”

当狼群的首领不再能杀死他的猎物时，就算他还活着，也会被称为“死狼”，当然他也活不久了，向来如此。

阿克拉疲惫地抬起他苍老的脑袋。

“自由的兽民们，还有你们，谢尔汗的狗腿子们，我带领你们东征西战十二个春秋，从没让谁中过陷阱或重伤残废。这次，我失了手。你们心里很清楚这圈套是如何设下的，你们很清楚，自己是如何把我引到年轻力壮的公鹿面前，好凸显出我的老弱的。很聪明的一招。现在，你们有权在这块议会岩上把我杀死。因此我也要问，由谁来终结我这个独身狼的性命呢？按照《丛林法则》，我有权让你们一个一个来跟我较量。”

一片寂静，因为没有哪头狼愿意和阿克拉拼死一搏。此时，谢尔汗大吼起来：“呸！我们干吗要理这个牙都掉光了的傻子？他终归是要死的！倒是这个人崽子，活得也太久了吧。自由的兽民们，他原本就是我的盘中餐，把他交给我吧。我对这种他到底算人还是算狼的荒唐事已经烦透了，何况他扰乱这丛林已经有十年了。把他交给我，不然我就会一直在这儿狩猎，一根骨头也不会剩给你们！他可是人类！人类的崽子！我从骨子里恨这个家伙！”

狼群中超过一半的狼嚎叫起来：“人！一个人！一个人跟我们有何瓜葛？让他滚回自己的地方去！”

“然后让这个村子里的所有人都与我们为敌？”谢尔汗咆哮道，“不，把他交给我。他是人类，我们中谁也不敢与他对视。”

阿克拉再次抬起头，说道：“他和我们一起吃，一起睡，他为我们追捕猎物，他一直都谨遵我们的《丛林法则》。”

“还有，当初他被狼群接纳的时候，我可是以一头公牛做了代价。一头公牛不值什么，但巴格西拉的荣誉却是我会为之血拼一场的东西。”巴格西拉用他最温和的语调说道。

“那公牛是十年前的事了！”狼群吼着，“十年前的骨头和我们有什么关系？”

“那立下的誓言呢？”巴格西拉说，他白森森的尖牙从唇边龇了出来，“怪不得你们称自己为‘自由’民呢！”

“人类的崽子绝不能和丛林中的兽民并肩奔跑！”谢尔汗咆哮着，“把他给我！”

“虽然不是血亲，但他同样是我们的手足，”阿克拉继续说，“而你们却想在这儿杀了他。老实说，我也活得不耐烦了。你们之中有的成了吃牲口的狼，还有的呢，听说在谢尔汗的教导下，趁着夜色从村民家门口掳走了他们的孩子。这么看来，你们都是胆小鬼，我这是在和一群胆小鬼说话呢。我终究是要死的，我的命也一文不值，不然我愿替这个人崽子偿命。但为了狼群的颜面——这件不值一提的小事，毕竟现在狼群没了首领，你们可能已经忘记了——倘若你们让这个人类的孩子回到他该去的地方，我承诺当我的死期来临时，我连牙都不会向你们龇一下。我甘愿受死，不会与你们做任何搏斗——这么做至少可以挽救三头狼的性命。我能做的就这些了，只要你们愿意，你们就不用因杀死自己无辜的手足而蒙羞——那个根据《丛林法则》，因有其他动物为他说话和支付赎金而被接纳进狼群的手足。”

“但他毕竟是人类——是人——是人！”狼群吼了起来，其中的大多数都围到了谢尔汗身边，他得意地摇起了尾巴。

“接下来就得看你的了，”巴格西拉对莫格里说道，“除了搏斗一场，我们别无选择了。”

莫格里直挺挺地站在那儿，火盆依然在他手中端着。他舒展了一下手臂，面向参会的众狼打了个哈欠——然而他的内心却充满了愤怒与忧伤，因为这些狼从来没有说起过他们对他的仇恨。真是狡猾极了。

“都给我听好了！”莫格里大声说道，“你们不必像狗一样没完没了地闹腾个不停。今晚，你们一而再再而三地强调我是人，虽然我很乐意这辈子都和你们一起做狼，但我知道‘我是人’是个事实。所以，我不再会称你们为我的兄弟，我会和人一样，把你们叫作狗。你们要做什么，不做什么，都由不得你们自己说了算，而是由我做主。为了把这事说得更直白些，我，一个人，拿来了你们这群狗最害怕的东西，红花！”

莫格里把火盆扔到地上，一些烧红的炭把一簇干苔藓点着了，蹿着火星的烈焰把所有狼都吓得直往后退。莫格里把枯树枝戳进火里，直到枝叶烧着后噼啪作响，然后他举起树枝在头顶挥舞，周围的狼都吓呆了。

“现在是你说了算的时候了，”巴格西拉压低了声音说，“救救阿克拉，他终究是你的朋友。”

阿克拉，这头坚强的老狼，一辈子都没有向谁祈求过怜悯，此时却向莫格里投来了哀伤的目光。莫格里赤身站在那儿，长长的黑发在肩上飘动，树枝燃烧的火光中，黑影随着火光跃动、战栗。

“很好！”莫格里一边说，一边慢慢环视四周，噘起嘴唇，“这回我算是看出来了，你们确实都是狗。我要离开你们，回到我自己的族群中去——如果他们真的是我所属的族群的话。既然丛林的大门对我关闭了，我将忘记之前和你们的谈天说地、和你们的深厚情谊，但我会比你们更仁慈——毕竟我还是你们的兄弟，只是没有血统上的关联。我保证，当我回到人类中后，绝不会像你们今天背弃我一样背弃你们。”他用脚踢了踢火堆，火星蹿了起来。

“我和狼群之间不会有任何战争。但有笔账在我走之前要算清楚。”他大步走向谢尔汗——此时的谢尔汗正坐在一边对着火苗傻兮兮地眨眼睛——一把揪住他下巴上的一小撮毛，巴格西拉紧跟在莫格里身边以防万一。

“起来，你这个混蛋！”莫格里吼了起来，“起来！有人说话的时候你就得站起来，不然我就把你的虎皮给烧了！”

谢尔汗两耳平贴在脑袋上，他紧闭着双眼，因为燃烧的枝条就在眼前。

“这个杀耕牛的家伙说，要在狼群大会上杀了我，因为在我小时候他没得逞。那么，像这样一下，再一下，就是我们人类打狗的方式！瘸子，你敢抖一下胡子，我就把红花捅进你的喉咙！”莫格里用树枝抽打着谢尔汗的脑袋，吓得他嗷嗷直叫。

“呸！你这个烧焦的丛林病猫——现在滚吧！但是记住，下次我作为人来狼群大会时，头上一定会披着谢尔汗的虎皮。至于其他的事——阿克拉可以自由地活下去。你们不能杀他，因为我不同意。我也不想让你们继续坐在这儿，吐着舌头，好像你们有多了不起似的。事实上，你们不过就是一群狗，一群我想撵走的狗——就像这样！滚！”

树枝上的火越烧越旺，莫格里举着熊熊燃烧的火把左右挥舞着，狼群被四溢的火星烫到了毛皮，嚎叫着四处逃窜。最后只剩下阿克拉、巴格西拉和一直没有背弃莫格里的十几头狼。莫格里的内心感受到一种痛楚，这是他有生以来第一次这么伤心，他哽咽着，抽泣着，泪水顺着脸颊滑落。

“这是什么？这是什么？”莫格里哭泣着说，“我并不想离开丛林，也不知道这是什么。是我要死了吗，巴格西拉？”

“不，小兄弟。那不过是人类都会流的眼泪。”巴格西拉说，“现在我确信，你已经是个成人，不再是人类幼崽了。

丛林的大门已经对你关闭，就让它流吧，莫格里，它们只是眼泪而已。”于是，莫格里坐在地上号啕大哭，哭得好像心都碎了一般。这是他生平第一次痛哭。

“现在，”他说，“我要回到人类中去了。但我得先跟我的狼妈妈道别。”说完，他就赶回狼妈妈和狼爸爸居住的山洞，伏在狼妈妈的毛皮上痛哭，四个小狼崽子也都伤心地嚎叫着。

“你们不会把我忘了吧？”莫格里说。

“永远不会，只要我们能追寻嗅迹。”狼崽子们说，“你回到人类中以后，到山脚下来，我们就能跟你聊天；到了晚上，我们还能去庄稼地里跟你玩。”

“早点回来！”狼爸爸说，“噢，聪明的小青蛙，早点回来吧，我和狼妈都老了。”

“早点回来，”狼妈妈说，“我光溜溜的小儿子。听着，你这个人类幼崽，我爱你甚至超过爱我自己的小狼崽子。”

“我一定会再回来的，”莫格里说道，“等我回来的时候，我要把谢尔汗的皮铺在议会岩上。千万别忘了我！告诉丛林里的大伙，千万别忘了我！”

天即将破晓，莫格里独自走下山坡，来到庄稼地，去见那些被称为人类的神秘族群。

## 西奥尼狼群的狩猎之歌

黎明将至，公鹿吟唱，
一次、又一次、再一次！
一头母鹿一跃而起，一头母鹿一跃而起——
就在林中野鹿喝水的池塘边。
我独自在一旁侦察着，观看着，
一次、又一次、再一次！

黎明将至，公鹿吟唱，
一次、又一次、再一次！
一头狼悄悄溜回，一头狼悄悄溜回——
给等候他的狼群捎来了消息。
沿着他的踪迹，我们搜寻，我们发现，我们嚎叫不停，
一次、又一次、再一次！

黎明将至，狼群高歌，
一次、又一次、再一次！
爪子在丛林中不留印痕！

眼睛在黑暗中看得分明！

舌头吐露发自内心的嚎叫——啊呜——

一次、又一次、再一次！

斑点是豹子的自豪，犄角是水牛的骄傲。

保持清洁，因为毛皮的光泽显示着猎手的能耐。

如果你发现一头小公牛能把你一抛而起，或浓眉的大公鹿用角顶伤了你；

不必特地前来告诉我们，十年前我们就已知悉。

不要欺凌陌生的幼崽，要像对待兄弟姐妹般招呼他们；

尽管他们矮矮胖胖，但大熊可能是他们的妈妈。

“谁也不能像我一样！”第一次捕猎成功的幼崽得意扬扬；

然而丛林很大，幼崽很小。让他安静下来，好好想一想。

——巴罗的格言

# 蟒蛇卡阿的捕猎

所有在这里讲述的故事，都发生在莫格里被赶出西奥尼狼群之前。那个时候，巴罗还在教莫格里《丛林法则》。这头高大严肃的老棕熊，很高兴能拥有如此机敏的学生。要知道，年轻的狼通常只愿意学习《丛林法则》中适用于自己族群的部分，当他们刚刚能把打猎诗复述下来，就一个个溜得不知去向了："来去无声，夜中能见，耳可听风，齿白又利——手足皆如此，唯可恨的塔巴奇与鬣狗除外。"

但作为一个人类幼崽，莫格里要学的可多得多。有时候，黑豹巴格西拉会到丛林里闲逛，看看他的宝贝将本领学得如何。当莫格里背诵一天所学的内容给巴罗听时，巴格西拉会把头靠在树上，发出满意的咕噜声。莫格里爬树几乎和游泳一样出色，游泳又几乎和跑步一样厉害，所以巴罗作为教授《丛林法则》的老师，便把树林和水中的法则都教给了他——如何分辨烂掉的树枝和完好的树枝；如何在途经离地五十英尺的蜂窝时，有礼貌地和野蜂打招呼；如果在正午打扰了树枝上的蝙蝠曼尼，该跟他说些什么；在他跃入水中前，如何警告池子里的水蛇。

丛林中的所有兽民都不喜欢被打搅，大伙都随时准备着对侵扰者发起攻击。所以，莫格里还从巴罗那儿学会了在陌生地打猎时该如何呼唤。只要在自己的领地之外狩猎，就必须重复这种呼唤，直到被回应为止。这种呼唤翻译过来的意思是："请允许我在此打猎，因为我饥饿难耐。"回应则表示："那就随意吧，但只能是为了填饱肚子，可不能是为了取乐。"

从这些可以看出，莫格里需要用心学习的内容究竟有多少——上百次重复同样的内容使他十分厌烦。有一次，莫格里挨了一巴掌，生气地跑了，巴罗便对巴格西拉说："到底是个人类幼崽，可他必须得学会《丛林法则》的全部。"

“但他还小呢，”巴格西拉说——如果完全由他来管莫格里，肯定会宠坏这个孩子，“这么个小脑袋，怎么能记得住你教的全部呢？”

“可在这丛林中，有谁因为年纪小就能逃过被猎杀吗？根本没有。这就是为什么我一定要他学会这些，这就是为什么当他忘记的时候我得揍他——当然我会有分寸。”

“分寸？你这副老铁爪，能把握得了分寸？”巴格西拉咕哝着，“看看他的脸，今天被你‘轻柔’的拳头拍得青一块紫一块的，哼！”

“就算他从头到脚都被我这个爱护他的老师拍得乌青一片，也总比他因为无知而在外面受到伤害要好。”巴罗用真诚的口吻回答道，“我现在正在教他丛林密语，学会这些密语，他就能获得除了自己种群之外的鸟类、蛇类及所有四脚猎手的保护。记住这些密语，就能让他轻松获得丛林中所有兽民的帮助，跟受一点小小的皮肉之苦相比，这难道不值得吗？”

“好吧，总之你手下留情，别把人娃娃打死了——他可不是让你磨爪子的树干。不过，丛林密语到底是什么？我往往是那个给予帮助的，而不是寻求帮助的。”巴格西拉伸出一只爪子，欣赏着自己铁青色的、凿子般锋利的爪尖，“尽管如此，我还是想了解一下那丛林密语。”

“我要让莫格里来说——如果他乐意。来吧，小兄弟！”

“现在我的脑袋里像有只蜜蜂似的嗡嗡响，”一个闷闷不乐的声音从他们头上传来，莫格里从树干上滑下来，气鼓鼓的，落地后又补了一句，“我是为巴格西拉来的，可不是为你，又老又肥的巴罗！”

“这对我来说没差别，”巴罗说——虽然他其实有些失落，“请告诉巴格西拉，我今天教了你哪些丛林密语。”

“是针对哪个族群的密语呢？”莫格里得意扬扬地显摆，“丛林密语有很多种呢，我都学了！”

“你也就学了一些，可不算多。看看吧，巴格西拉，他们从来不知道感谢他们的老师！没有一头小狼崽子会回来感谢教会他们这么多的老巴罗。我的大学问家，说说捕猎兽群的密语吧！”

“你跟我，一脉相承。”莫格里学着巴罗的语调——捕猎兽群都是用这个语调说话的。

“很好！鸟类的密语呢？”

莫格里重复了一遍，末尾还加上了黑鸢的啸叫声。

“那蛇类的呢？”巴格西拉说。

这回的答案是一种绝妙的难以形容的嗞嗞声。莫格里向后踢起脚，拍手为自己鼓掌，然后跳到了巴格西拉的背上，侧身坐着，用脚后跟敲着黑豹光亮的毛皮，对着巴罗做出了他能想出的最难看的鬼脸。

“好吧！这回答说明，挨点皮肉之苦是值得的。”大棕熊温柔地说，“有朝一日，你会记起我这句话的。”说完，他转向巴格西拉，开始讲述自己是如何祈求通晓一切密语的野象海迪把密语授予他的，海迪又是如何带着莫格里去水池边，从水蛇那里学到蛇类的密语——因为巴罗没法发出那种声音。巴罗还说，莫格里如今在丛林里已经相当安全，不会受到任何意外的伤害，因为无论蛇类、鸟类还是兽类都不会伤害他。

“谁也不用怕了！”巴罗很激动，得意地拍拍他那毛茸茸的大肚腩。

“但他自己的族群是例外。”巴格西拉低声说，然后他又提高嗓门对莫格里说：“小心我的肋骨，小兄弟！你在我身上上蹿下跳的是要干什么呀？”

莫格里为了让他俩听他说话，扯着巴格西拉肩膀上的毛，还拼命地蹬腿。当他俩开始注意听他说话时，他扯着嗓子喊道：“所以我得有自己的部落，我要带领他们整天穿梭在丛林里。”

“这是什么傻话，我的小梦想家？”巴格西拉说。

“就是这样，还要对着老巴罗扔树枝和泥巴，”莫格里继续说，“他们答应我的，哈！”

“呼哧！”巴罗用他的大爪子把莫格里从巴格西拉的背上捞了下来。莫格里躺在巴罗两个大前爪之间，看出了大棕熊的不悦。

“莫格里，”巴罗说，“你一直在和那群班达尔民——那群猴族——说话吧。”

莫格里看看巴格西拉，他想知道黑豹是不是也生气了。巴格西拉的目光中透着玉石般的冷漠。

“你和猴子们混在一起，那群猴子可是目无法纪的族群，他们什么都吃。这可真是奇耻大辱。”

“刚才巴罗打我的脑袋，”莫格里依然仰面躺着，“我跑开了，猴子们从树上下来安慰我。只有他们在乎我。”莫格里抽了抽鼻子。

“猴族的同情！”巴罗发出轻蔑的哼声，“如山间的溪水凝滞了！如夏日的艳阳转凉了！然后呢，人娃娃？”

“然后——然后他们给了我坚果和好吃的，还用臂膀举着我到了树顶上，说我跟他们是一脉相承的兄弟，只是我没有尾巴而已。还说总有一天，我会成为他们的首领。”

“他们压根就没有首领。”巴格西拉说，“那都是骗你的鬼话，猴族的嘴巴里吐不出半句真话。”

“他们可友善着呢，还邀请我再去做客。为什么你从来都不带我去猴群那里？他们跟我一样都站着走路，也不会用硬硬的爪子打我。他们整天都在玩。让我起来！讨厌的巴罗，让我起来！我还要去跟他们玩。”

“听着，人娃娃，”大棕熊说，他的声音如盛夏夜晚的隆隆雷声，“我教给了你适用于丛林中所有族群的法则——唯独没有那群住在树上的猴子。因为他们根本没有法则，他们是被驱逐出丛林的群落。他们没有自己的语言，只会用那些

他们在树枝上窃听、偷窥、等待时偷来的话。他们跟我们的生活方式截然不同，他们没有首领，也没有记忆力。他们只会吹牛，喋喋不休，装作是伟大的族群，会在丛林里做出一番伟大的事业——但其实哪怕是树上掉个果子，都会让他们大笑不止，把一切忘得一干二净。丛林中的居民从来不和他们结交，我们不去他们喝水的地方喝水，也不去他们捕猎的地方捕猎，更不会死在他们死去的地方。在今天之前，你听我提过这些班达尔民吗？”

“从来没有。”莫格里低声说道，因为巴罗说完话后，整座树林都安静下来。

“丛林中的兽民嘴上不提他们，脑子里也没有他们。这些猴族数量庞大，他们邪恶、肮脏、无耻。如果说他们还有什么一成不变的愿望，那就只有引起丛林兽民对他们的关注。但即使他们把坚果和脏东西往我们头上扔，我们也不予理会的。”

巴罗的话还没说完，坚果和小树枝就像一阵暴雨透过树枝的缝隙从天而降。头顶细枝间传来咳嗽声、嚎叫声和愤怒的跳跃声。

“丛林中的兽民禁止和猴族结交，”巴罗说，“禁止和猴族结交，千万牢记。”

“绝不允许，”巴格西拉说，“但是我以为巴罗早就警告过你了。”

“我？我怎么会想到莫格里能和这些无耻之徒玩到一块儿。猴族！呸！”

又是一阵“枪林弹雨”砸到头上，巴罗和巴格西拉带着莫格里快步离开了。巴罗刚才对猴族的总结千真万确。树顶是他们的地盘，其他兽民又很少往上看，所以猴族和丛林中的兽民没有机会相遇。但只要他们发现一头病狼——或是受伤的老虎、熊——就会去欺侮折磨他们，或是向任意一头野兽扔树枝和坚果，仅仅为了取乐，同时期待着能引起些注意。然后他们会开始啸叫，尖声唱一些莫名其妙的歌，挑衅丛林中的兽民上树与他们打斗，或是在猴族内部发起一场毫无缘由但气势汹汹的战斗，最后把斗死的猴子留在丛林兽民看得见的地方。

一直以来，猴族都是一副马上就能拥有自己的部落首领、自己的律法、自己的传统风俗的模样，但他们从来也没有办到过，因为他们的记忆连一天也维持不了。所以他们只能编造如下说法：“班达尔民现在脑子里想到的，将会是未来丛林兽民们所想的。”这个假说让他们宽慰了不少。没有哪种野兽能接近他们，但这也意味着没有哪种野兽会注意到他们，这也就解释了为什么莫格里跟他们玩时，以及他们听到巴罗有多恼怒时，他们会如此高兴。

他们从来不会多做打算——其实班达尔民根本就不做任何计划——但是有只猴子想出了一个自以为了不起的主意，他把这个主意告诉了其他猴子：如果能把莫格里留在猴族，他对他们来说将会是一个有用的人，因为他会把小树枝搭起来挡风。如果能把莫格里抓来，他们就能从他那儿学到本事。当然，作为樵夫的孩子，莫格里继承了樵夫的所有天赋，他能够把掉在地上的树枝搭成小屋子，从没想过自己是怎么会做这些的。猴族在树上目睹着这一切——这用树枝搭建的小屋子在他们眼里实在是绝妙。他们说，这回猴族终于要有一位首领了，他们将成为丛林中最聪明的族群——聪明到所有兽民都会关注他们，嫉妒他们。因此，他们悄悄尾随着巴罗、巴格西拉和莫格里，直到午睡时间。此时心里无比羞愧的莫格里正躺在黑豹和棕熊中间，下定决心不再跟猴族有任何瓜葛。

接下来莫格里所记得的，就是有一些手在摸他的手臂和腿——是很粗糙有力的小手——随后树枝在他的脸上一阵抽打。然后，他透过晃动的树枝往下看，巴罗正用他低沉的吼声唤醒整座丛林，巴格西拉则龇牙咧嘴地往树干上跳。班达尔民发出胜利的啸叫，急匆匆地来到巴格西拉不敢再追的树梢上，大喊着："他注意到我们啦！巴格西拉注意到我们啦！所有的丛林兽民都因为我们的本事和智慧而膜拜我们啦！"然后他们开始飞来窜去。猴族在树上健步如飞的能耐谁也无法描述，他们有自己的常规直路和交叉路，还有上坡路和下坡路，全都在离地面五十到七十，甚至一百英尺的地方。如有必要，即使在夜晚，他们依然可以自如地穿行。

两只最为强壮的猴子把莫格里夹在腋下，带着他荡过一个个树顶，每一跳足足有二十英尺。要是没有莫格里，他们的行进速度可以比现在快上一倍，但男孩的体重限制了他们的速度。虽然莫格里感到头晕恶心，但他还是挺享受这种狂野冲刺的——尽管偶尔瞥见遥远的地面会让他心惊肉跳，猴子们荡到最后突然"刹车"更是让他的心都提到了嗓子眼——毕竟身下什么也没有。

行进过程中，莫格里的两个"护卫"总是把他猛推到树上——直到他身下那根最柔弱的树枝开始嘎吱作响，变得弯曲。然后，随着一声咳嗽和高喊，他们在空中向下荡出去，用手或脚钩住下棵树上矮一些的枝条。有时，越过郁郁葱葱的丛林，莫格里能够看到数英里外的地方，就像一个人站在桅杆上的时候，能越过海面眺望数英里之外的地方一样。紧接着，树枝和树叶又重新抽打在他脸上，他和他的两个“护卫”几乎再度回到了地面。

如此一番跳跃、碰撞、叫喊，班达尔民带着他们的俘虏莫格里在树上一路畅行。有那么一会儿，莫格里担心自己会掉下去，他默默生起气来，但也明白最好别去反抗，于是他开始思考。

他第一个想到的是捎话给巴罗和巴格西拉，但按照猴子当前的行进速度，他的朋友们一定会被远远甩在后面。往下看是没用的，他此刻只能看到一些枝条的顶端，于是他往上看，看到蓝色的天际处，黑鸢兰恩正在丛林上方盘旋，等待着丛林中猎物的死去。兰恩注意到猴族正挟持着什么，于是降下了几百码[①]，想看看那会不会是一顿美餐。当看到是莫格里被拖到了树顶，并听到他说出鹰族密语“你跟我，一脉相承”时，兰恩发出了一声惊讶的呼哨。晃动的树枝遮蔽了男孩的身影，但兰恩及时盘旋到另一棵树的上方，再次看到了莫格里棕色的小脸。“标记我的行踪！”莫格里高声呼喊道，“通知西奥尼狼群的巴罗，还有议会岩的巴格西拉！”

“以谁的名义呢，小兄弟？”兰恩此前并没有见过莫格

① 1 码约合 0.9 米。

里，虽然他听说过这位人类幼崽的大名。

“莫格里，小青蛙。他们也叫我人娃娃！千万要标记我的行——踪——”

由于被荡到了半空中，莫格里说最后几个字时，几乎是用尖叫声挤出喉咙的。兰恩点了点头，然后一飞冲天，直到他看起来小得像是一颗尘埃，随后又悬停了下来，用望远镜般的锐眼紧盯着莫格里的押送者们在棵棵树顶掀起的波澜。

“他们不可能走太远，”他笑着自言自语，“班达尔民永远都做不到他们盘算好的事，只会不停找新事情干。如果我没看走眼的话，他们这回可招惹了大麻烦。要知道，巴罗可不是等闲之辈，而巴格西拉，据我所知，绝非仅有杀死几头山羊的能耐。”

而后，他挥动着翅膀，在身下收拢双脚，静待时机。

与此同时，巴罗和巴格西拉正在大发雷霆，同时伤心不已。巴格西拉爬到了他之前从未爬到过的地方，但树枝被他的体重压断了，他滑了下来，爪子里满是树皮。

“你为什么不提醒人娃娃！”他对着可怜的巴罗咆哮，老巴罗迈着笨拙的步子，指望着能赶上那群猴子，“你不好好提醒他，拿拳头把他打个半死又有什么用？”

“快点！唉，快点吧！我们——我们兴许还能赶上他们！”巴罗喘着粗气说。

“就你这速度！一头受伤的奶牛跟着你跑都不会嫌累。教授《丛林法则》的老师，对人娃娃动粗的家伙，那样来来回回滚上一英里就能让你的骨头散架了。还是坐下来，好好用用脑子吧！做个计划，现在不是去追的时候。如果我们追得太紧，他们说不定会把人娃娃直接扔下来。”

“哎呀！哎呀！或许他们疲于带他来来去去，已经把他扔下树了呢。怎么能相信班达尔民？他们曾把死掉的蝙蝠扔到我头上！他们扔烂骨头给我！他们曾害我卷入野蜂窝里，让蜜蜂往死里蜇我！还曾害得我陷在鬣狗堆里！我简直是最惨的熊了！哎呀呀！呜呼！莫格里呀，莫格里！我为什么之前没提醒你当心这些猴子，只知道敲你的头呢？说不定我还把今天教的内容从他脑袋瓜里敲出来了。可要是没有丛林密语，他就得在这丛林里孤军奋战了！”

巴罗用爪子抱着耳朵，滚来滚去地悲鸣着。

“至少刚才，他回答我的丛林密语都是对的。”巴格西拉不耐烦地说，“我说巴罗，你简直既没有记性，也不顾及体面——如果我也像豪猪伊基那样蜷起身子嚎叫，丛林中的兽民会怎么看我？”

“我为什么要管其他兽民怎么看？莫格里现在可能都已经没命了。”

“除非他们把他从树上扔下来取乐，或者出于无聊把他杀了，不然我可不担心人娃娃。他既聪明，又受过良好的教育，最重要的是，他有着一双丛林兽民都惧怕的眼睛。但问题是（这是极大的不幸），他落在了班达尔民的手里。他们出没于树上，根本不怕我们中的任何一个。”巴格西拉若有所思地舔了舔前爪。

“我真傻！我简直是个挖树根的棕色傻胖子！”巴罗说着，猛地伸展开他的身体，“野象海迪说过，万物皆有天敌。班达尔民的天敌正是蟒蛇卡阿。他和猴族一样擅长攀爬，夜里还会去偷小猴子。只需轻轻说出他的名字，就能把猴族邪恶的尾巴吓得冰凉。走，我们去找卡阿！”

“他能为我们做什么？他又不是我们部落的，不但没脚，还长着一双特别邪恶的眼睛。”巴格西拉说。

“他活了很久，而且狡猾得很。最重要的是，他总是在饥饿中，”巴罗满心希望地说，“多给他些羊就行了。”

“他吃饱后要睡上足足一个月，可能他正在睡觉。就算他醒着，如果他宁愿自己捕杀山羊呢？”不太了解卡阿的巴格西拉半信半疑。

“如果是那样的话，你和我联手，我们两个老猎手也许能让他明白些道理。”说着，巴罗用他褪色的棕色肩膀蹭了蹭黑豹巴格西拉，随后，他们便动身去找蟒蛇卡阿。

两位兽民发现了沐浴在午后阳光中的卡阿，他正躺在暖烘烘的岩石上伸展着身体，欣赏着自己那身刚换的美丽蛇皮。过去十天里他都窝在这儿蜕皮，现在的他看上去称得上是精神十足——长着钝鼻子的大脑袋贴着地面疾行，足足三十英尺长的身体拧成了奇异的结和曲线。他吐着蛇信子，想象着即将来临的大餐。

“他还没吃东西，”巴罗说道，他一看到那张漂亮的棕黄相间的蛇皮，就发出了如释重负的呼噜声，“小心，巴格西拉！他刚蜕好皮的时候看不清东西，进攻会很迅猛。”

卡阿不是毒蛇——事实上，他更愿意把毒蛇一族视作懦夫。他的能耐来自他的盘卷力，一旦他把谁卷入他巨大的身子，那就没什么可说的了。

“打猎顺利！”巴罗坐着高喊。和族群中的所有蛇一样，卡阿几乎是聋的，所以起初他并没有听到巴罗的呼喊。随后他盘起身子，低下头，做好应对意外的准备。

“祝我们都打猎顺利。”他回应道，“哦，巴罗，你在这儿干什么呢？巴格西拉，也祝你打猎顺利。我们之中至少有一个需要食物，附近有猎物活动的消息吗？一只雌兔，或是一头小公鹿？我的肚子跟枯井似的空空如也。”

“我们也在狩猎呢。”巴罗漫不经心地说。他明白，对卡阿可得耐着点性子——毕竟他实在太大了。

“请允许我跟你们一道捕猎。”卡阿说，“一次出击对你和巴格西拉来说是小菜一碟，但我——我得在树林的小路等上好几天，经过半个夜晚的爬行，仅仅是为了一个逮住小猴子的机会。嗞，不！这些树枝跟我年轻时的不一样了，它们全都是些枯枝烂条。”

“这可能是由于你的体重。”巴罗说。

“我的身体特别长——不是一般的长。”卡阿的回答带着一点得意扬扬，“但即便如此，主要的错还是在于这些新长的树木。上次打猎时我差点就逮到猎物了——简直就在嘴边了——结果因为我的尾巴没有紧紧地缠住树，我滑下树的声音惊醒了那些班达尔民，然后他们就用最恶毒的名字称呼我。”

“没脚的黄地虫。”巴格西拉从胡须下吐出这几个字，好像正在努力回忆着什么似的。

“嗞——他们真是这么叫我的？”卡阿问道。

“上个月他们差不多就是这么对着我们喊的，当然我们从不理会他们。他们什么话都说得出口——甚至说你牙齿都掉光了，还说只要是比山羊崽子更大的动物，你就不敢面对，因为——这些班达尔民实在是无耻之徒——你害怕公山羊的犄角。”巴格西拉继续和颜悦色地说。

一条蛇，尤其是像卡阿这种谨慎、年迈的蟒蛇，平时很少会流露出他的怒火。但此刻，巴格西拉和巴罗却看到卡阿喉咙两侧用于吞咽的巨大肌肉在起伏，在膨胀。

“班达尔民转移他们的地盘了，”卡阿轻声说道，“今天我出来晒太阳的时候，听到他们在树顶吵吵嚷嚷。”

“正是，我们现在在追踪的正是他们。”巴罗说道，但吐词的时候磕磕巴巴的，因为这是他记忆中第一次向丛林兽民承认自己对猴族的关注。

“显而易见，两位丛林中的打猎高手联合起来追踪班达尔民可是件大事。”卡阿彬彬有礼地答道，当然他的内心也确实充满了好奇。

“事实上，”巴罗开始说，“我不过是个年老的——有时甚至傻乎乎的——教授西奥尼狼群的小崽子们《丛林法则》的老师，而这位巴格西拉——”

“正是我，巴格西拉，”黑豹说，他的下巴啪地合上了，他可不信一副谦卑的样子能管用，“现在的问题是，卡阿，那些偷坚果、摘棕榈树叶子的家伙偷走了我们的人娃娃，或许你听说过他。”

“我从伊基那里听说过有个什么人加入了狼群（他那身刺让他嘚瑟着呢），但我不太相信。伊基总是道听途说，也不是个讲故事的高手。”

“但这次的事千真万确。这个人娃娃是前所未有的，”巴罗说，“是最优秀、最睿智、最勇敢的，他是我的学生，会让我巴罗的名字传遍所有丛林；不仅如此，我——我们——爱他，卡阿。”

“是的！是的！”卡阿一边说，一边来回晃着脑袋，“我也知道爱是什么，我还能说些关于爱的故事——”

“赞颂爱需要一个我们都酒足饭饱的晴朗夜晚。”巴格西拉赶紧接上话，“我们的人娃娃现在落到了班达尔民手上，据我们所知，在所有丛林兽民之中，唯有你蟒蛇卡阿能让他们惧怕。”

“唯有我，这是有原因的。”卡阿说，“那些猴子只知道整天絮叨，脑子又笨，还自以为是——自负、愚蠢、喋喋不休。但一个人类要是落到他们手上，的确是件不幸的事。要是他们厌倦了先前摘下的坚果，就会把它们直接扔掉。他们会拿着一根树枝持续半天之久，打算派上大用场，然后又直接把它一折为二。一个人类是不会被他们崇拜的——毕竟他们还叫我‘黄鱼’不是吗？”

“是虫子——虫子——地虫，”巴格西拉说，“还有一些其他称号，我现在都说不出口。”

“我们必须提醒他们，跟主人说话要注意态度。嗞——我们必须去拯救一下他们时好时坏的记性。对了，他们把你的人娃娃带哪儿去了？”

“只有丛林知道。我想，应该是朝着太阳下山的方向去了。”巴罗说道，“我们原本认为你会知道的，卡阿。”

“我？怎么会？除非他们跑到我的地盘，我才会逮住他们。但我并不会去追捕班达尔民，或是青蛙，或是水洞里的绿色浮藻。”

“上面，往上看！上面，往上看！喂！喂！喂！往上看！西奥尼狼群的巴罗！”

巴罗抬头寻找声音的源头，原来是黑鸢兰恩。此时，他正在朝下俯冲，上翘的翅膀边缘镶嵌着太阳的光辉。原本这该是他睡觉的时间了，但他却在满树林地找巴罗，又由于茂密的枝叶而迟迟没能找到。

“找我什么事？”巴罗说。

“我看到莫格里在班达尔民中间，他请我给你传个信儿。

据我查看，他被班达尔民挟持着穿过河去了猴城——寒穴。他们可能会在那儿过一夜，或是待上十晚，也可能只待一小时。总之，我已经让蝙蝠们整晚都监视着。我要传达的就这些，祝你们打猎顺利，下面的各位！”

“也祝你吃饱睡好，兰恩！”巴格西拉高喊着，“下次打猎的时候，我会记得为你把猎物的头颅留下，专门留给你享用，因为你是最心善的黑鸢！”

“没关系，小事一桩。那男孩知道丛林密语，我能做的也就这些了。”兰恩盘旋着回到了高空中，飞向他的栖息地。

“他记得我教他的丛林密语。”巴罗说着，自豪地笑了起来，“想想看他这么小的年纪，被拖着在树中间穿行时依然

记得鸟族的丛林密语！”

“他早就记得很牢了，”巴格西拉说，“但我仍以他为傲。现在我们得去寒穴。”

他们都知道寒穴在哪儿，但几乎没有丛林兽民去过。因为那个地方其实是一座废弃的古城，湮没在丛林之中。兽民几乎不会使用人类居住过的地方——野猪会去，但狩猎的部落通常不会去。此外就是猴族，他们会住在那儿，反正他们在哪儿都能住。没有哪个有自尊的动物会到寒穴去，即使它就在他们的视野范围之内——除非是在干旱季节，因为那时寒穴里那些半毁了的水槽和蓄水池中会有点积水。

“即使全速前进，也得花上大半夜。”巴格西拉说。

“我会尽量快的。”巴罗急切地说着，神情严肃。

“卡阿和我必须争分夺秒，我们不敢停下来等你。想办法跟上来，巴罗。”

“有没有脚，我都能跟上你们这些长了四个脚的。”卡阿立刻说道。

巴罗努力加快速度，但又不得不坐下喘气，因此巴格西拉和卡阿先走一步，让他后面再赶上。巴格西拉以猎豹小跑的速度奋力向前，卡阿一言不发，却始终能和他齐头并进。当他俩来到一条山间小溪时，巴格西拉领先了，因为他能一跃而过，而卡阿得游过去——他的头和两英尺长的脖子穿过了溪水。但是到了平地之后，卡阿又赶了上来。

“我以还我自由的那个被砸坏的锁发誓，”巴格西拉在黄昏来临时说道，“你跑得还真快。”

“我现在饿了。”卡阿说，“还有，他们叫我斑点蛙。”

“虫子——地虫，从头到脚一身黄。”

“都一样，我们继续往前走。”卡阿全力以赴地前进，同时不断用冷静的目光寻找最快的行进线路，还得保持自己始终在这条线路上。

在寒穴，猴族压根没想过莫格里的朋友们会作何反应。他们把莫格里带到了这座废城，这会儿正沾沾自喜呢。莫格里在此之前还从未见过印度的城市——即使这几乎是一堆废墟，但看起来还留存着昔日的辉煌和壮观。很久以前，某位国王在一座小山上建立了这座城市。如今，你依然可以顺着石头筑成的堤道，看到它所通向的那扇已经破败的城门。城门上，仅存的几片木头正挂在那破败不堪的生锈铰链上。城墙内外长满了树木，城垛也早就坍塌损毁，藤蔓从塔楼的窗户里冒了出来，密密麻麻地悬在城墙上。

一座巨大的无顶宫殿盖住了山头。庭院和喷泉里的大理石如今都开裂了，表面尽是红绿相间的斑点。饲养过御用大象的院落里，杂草和小树顶开了那些大鹅卵石。站在宫殿里，你可以看到一排排没了顶的屋子，它们曾经构成了这座城市，如今看着却像是被黑暗填满的空荡荡的蜂窝。在四条道路的交汇处，那块辨不出形状的大石头曾是广场上供人顶礼膜拜的神像；街角各处坑坑洼洼的地方曾是公共水井的所在之处；还有那些破破烂烂的庙宇圆顶，野无花果正围着它们的边缘肆意生长。

猴子们把这个地方称作他们的城市，并假装看不起丛林兽民——因为兽民们只能住在丛林里。尽管他们从来都不知道城内的建筑都是什么作用，更不知道该如何使用它们。他们只是在国王的议会厅里围坐成一圈，挠着痒痒，抓着跳蚤，假装自己是人类。

有时，他们也会在没有顶的房子里跑进跑出，把灰泥和旧砖头拾掇到角落里，没一会儿又忘了先前把这些东西放到了哪里，于是尖叫着打成一团，过会儿又骤然停手，转而到国王的花园露台上嬉闹。在那里，他们还会摇晃玫瑰丛和橘子树，看着花朵和果子落下来，以此取乐。

宫殿里的所有通道和黑漆漆的地道，还有上百间的小黑屋子，都被他们探索过，但他们从来都记不起自己看见过什么，没看见过什么。无论是单独一只，还是三三两两，还是成群结队，猴子们就这样到处乱跑，学人类相互通报着自己在做什么。他们在水池里喝水，把水弄得脏兮兮的，再为此争吵，然后像暴民一样冲出来高喊：“丛林之中没有比班达尔民更睿智、更优秀、更机敏、更强壮又不失温柔的生物了！”没多久他们就开始故伎重施，直到厌倦了这座城市，便会再次回到树顶，渴望能得到丛林兽民的关注。

莫格里是按照《丛林法则》被训练的，所以他不喜欢也看不懂这些猴族的行事方式。班达尔民把他拖到寒穴时，已经是傍晚了，但猴子们不像莫格里那样在长途跋涉后去睡觉，相反，他们手拉着手跳起了舞，还唱着猴族那些傻头傻脑的歌。

其中一只猴子还发表了一通演说，告诉他的伙伴们，本次抓获莫格里是班达尔民历史上具有里程碑意义的事，因为莫格里会教他们如何编织树枝和藤条来遮风挡雨。莫格里捡起一些藤蔓，用它们编织起来，猴子们也想模仿，但才编了几分钟就失去了兴致，开始拉扯同伴的尾巴，或是用四肢跳上跳下，嘴里还发出刺耳的声音。

“我想吃东西，”莫格里说道，“我对这儿完全不熟悉。你们要不就找点食物给我，要不就把我放了，我自己去捕猎。”

二三十只猴子蹦跳着去给他拿坚果和野生木瓜，但他们半路上竟然又打斗起来，很难做到将所剩的果子拿回来。莫格里又饿又气，只能在这空荡荡的城池中漫步，时不时地发出初来乍到者需要狩猎的呼叫，但没有得到任何回应。莫格里只觉得自己来的这个地方真是糟透了。

“巴罗对班达尔民的评判千真万确，”莫格里心下暗想，“他们根本没有法则，没有狩猎呼叫，更没有首领——除了愚蠢的言论和偷东西的爪子以外，什么都没有。如果我在这儿被饿死或被杀死，那都是我自找的。但我必须得想办法回到属于我的丛林中去。巴罗准会揍我，但那也比跟这群班达尔民追逐可笑的玫瑰花瓣强。”

谁知他刚走到城墙边，猴子们就把他拽了回来，骂他是身在福中不知福，还使劲掐他，要他懂得感恩。莫格里咬紧牙关，一声不吭，跟着大喊大叫的猴子们来到红砂岩蓄水池上方的露台——这会儿蓄水池里还有半池子雨水。露台的中央有个废弃的白色大理石凉亭，是为一百多年前去世的王后而建的。凉亭的圆顶有一半塌了下来，堵住了从宫殿到凉亭的地下通道——王后过去常常走这条路。凉亭的墙面由大理石花饰屏风围成——屏风有着漂亮的乳白色精工浮雕，上面镶嵌着玛瑙、光玉髓、碧玉和天青石。当月亮从山后面探出脸时，月色透过镂空处，洒在地上的光影好似黑色的天鹅绒刺绣。

虽然莫格里此时又气又困又饿，但当他听到二十只班达尔民一齐告诉他，他们是多么伟大、睿智、强壮而又不失温柔，莫格里想离开猴族的行为简直愚蠢至极时，他实在忍不住大笑起来。

“我们猴族是最伟大的！我们自由自在，我们值得被赞颂！我们是这丛林之中最棒的！猴族都这么说，所以这必定是千真万确的！”他们高喊着，“现在，既然你是第一次听说，那就请把我们的这些话转告给丛林中的兽民们，让他们以后能关注我们。我们还会告诉你猴族所拥有的优秀品质。”

莫格里没有表示反对，于是成百上千只猴子聚集到露台上，聆听他们的代表歌颂班达尔民。每当一位代表停下来喘口气时，所有的猴子就会齐声大喊：“确实确实，我们都这么说。”

每当莫格里被猴子们提问时，他都会点点头，眨眨眼，回答“是的”——他已经被嘈杂的噪声搞得晕头转向了。“豺狗塔巴奇一定咬过这些家伙，”他喃喃自语道，“所以他们现在都发了疯病。这一定是德万尼。他们怎么从来不睡觉呢？

现在，有一朵云要挡住月亮了，如果云足够大的话，也许我可以趁黑溜走。但我真的累坏了。”

城墙下的废弃水沟里，莫格里的两个好朋友——巴格西拉和卡阿——也在注视着这朵云。他们很清楚，成群的猴子可不是好惹的，他们不想冒任何风险。猴族通常不会挑起斗争，除非他们和对手的数量是一百比一，丛林中很少会有动物喜欢这种比例。

“我去西面那堵墙，”卡阿低声说，“然后我会借着斜坡的优势快速冲下去。他们不会成百只地扑到我背上，但是——”

“我知道，”巴格西拉说，“要是巴罗在就好了，但是我们必须尽我们所能。等云遮住月亮，我就到露台上去。猴子们正在开会讨论关于莫格里的事。”

“打猎顺利。”卡阿严肃地说，说罢，他滑行着往西墙去——那里恰好是受破坏最少的地方。这条巨蛇费了番周折，才找到能够爬上那些石头的路。

那朵云终于把月亮藏了起来，正当莫格里想着接下来还会发生什么时，他听出了巴格西拉踏上露台的轻盈脚步声。黑豹悄无声息地冲上斜坡，随即把猴子们左一个右一个地击倒——他很清楚咬他们是浪费时间。这些猴子一圈圈地围着

莫格里，围了五六十圈。一阵阵含着惊吓与愤怒的吼叫声响了起来。

当巴格西拉被身下打着滚、胡乱蹬腿的猴子绊倒时，一只猴子高声疾呼："这儿只有一个敌人！杀了他！灭了他！"乱成一团的猴子们咬着，抓着，撕着，拉扯着，把巴格西拉团团围住。与此同时，另有五六只猴子抓住了莫格里，把他拖到了凉亭的墙上，然后从圆顶上的破洞口把他推了下去。如果是一个在人群中长大的男孩，肯定会摔得鼻青脸肿——因为下落的高度有足足十英尺。但巴罗教过莫格里该如何从高处下落，于是莫格里毫发无伤地着了陆。

"待在那儿，"猴子们高喊着，"等我们解决了这位朋友再来找你玩——如果那些毒蛇没有干掉你的话。"

"你跟我，一脉相承。"莫格里听出周围的垃圾堆里有沙沙声和嗞嗞声，赶紧说出蛇族密语——还重复了一遍，以确保蛇族不会攻击他。

"大家把'兜帽'[①] 都收起来吧。"六条蛇用低沉的声音说道。印度的每一处废弃之所都迟早会成为蛇类的聚居地，这座凉亭就住着眼镜蛇。"站着别动，小兄弟，不然你的脚

① 眼镜蛇在感受到威胁时会扩张其颈部，形成一个类似兜帽的结构。

会踩伤我们。”

莫格里屏息凝神地站在那儿，透过雕刻的镂空处向外偷看，听着黑豹周围激烈的打斗声——喊叫声、吵嚷声、混战声，还有当巴格西拉往后退时，弓背一跃，身子一扭俯冲进猴群时所发出的低沉嘶哑的咳声。这是黑豹有生以来第一次为活命而战。

“巴罗一定就在附近，巴格西拉不会只身前来。”莫格里心想，然后大喊一声：“巴格西拉，到水池那里去！快滚去水池里！滚过去，跳进去！到水里去！”

巴格西拉听到了，这喊声让他明白莫格里还好好的——这无疑给了他新的勇气。他拼了命地、一寸一寸地朝着水池挺进，一声不吭地进攻。

接着，靠近丛林的废弃城墙处，传来了巴罗如雷鸣般的吼声。这头老熊已经尽了最大的努力，但他无法再往前了。“巴格西拉，”他高喊着，“我来啦！我爬上来啦！我加速加速再加速！呜呼！我脚下的石头滚下去了！等着我，你们这群臭名昭著的班达尔民！”

巴罗喘着粗气爬上露台，然而这只让他在猴群中露了下脑袋，他干脆坐了下来，伸展开前爪，围住尽可能多的猴子，开始挥拳对着他们一阵猛打，声音就像桨轮拍打水面一般。

莫格里通过撞击声和水花声判断出巴格西拉已经到了水池里，而猴子是没法跟去那儿的。黑豹躺在那儿大口地喘着气，只把头露出水面，猴子们分成三排站在红色的石头台阶上，恼火地上蹿下跳，时刻准备着从四面八方跃至他身上——一旦他离开水池去帮巴罗的话。就在这时，巴格西拉抬起了滴着水的下巴，绝望地呼喊出蛇族密语寻求保护——“你跟我，一脉相承”——他以为卡阿在关键时刻溜之大吉了。即使是巴罗这样的大块头，也已经被猴子们在露台边压得没法呼吸，但当他听到黑豹的求救声时，还是忍不住偷笑起来。

卡阿才刚刚越过西墙，落地的时候身子猛地一扭，把一块压顶的石头撞进了水沟里。他不想失去任何地面上的优势，便蜷缩又舒展身躯，如此重复一两次，以确保身体的每个部位都能正常运作。

与此同时，巴罗和猴子们的战斗还在继续；猴子们围着水池，对着池中的巴格西拉吼叫；蝙蝠曼尼来来回回，把战场的最新消息传遍了整座丛林，直到野象海迪发出了汽笛般的鸣叫，惊醒了远处分散的猴群，他们沿着树道赶来帮助寒穴里的伙伴。这场拼杀的喧闹声，惊醒了方圆数英里所有白天活动的鸟。

再看这边，卡阿直逼他的猎物。对于一条蟒蛇来说，他的战斗力在于用尽浑身的力气，借助整个身躯的重量，驱动他的头对着猎物发出致命一击。如果你们能想象有一根长矛——或是一把攻城锤，或是一把榔头——重达近半吨，并由一个清醒的头脑控制着，你们就能大致了解卡阿此时的战斗状态了。一条四五英尺长的蟒蛇如果正面袭击一个人的胸口，这个人会立刻被撞翻在地上。而卡阿——正如你们所知——有足足三十英尺长。他第一次出击就正中围住巴罗的猴群的中心——他甚至没有张嘴，就这么悄无声息地击中了

他们的要害，完全不需要第二次进攻。猴子们一边喊着“卡阿！是卡阿！快逃命！快逃命！”一边四散溃逃。

世世代代的猴子们一听到先辈讲起卡阿的故事，立刻就会变得规规矩矩。夜贼卡阿，能像苔藓生长一样静悄悄地爬上树，然后偷走最强壮的猴子。他能使自己看上去像一根枯树枝或是一截烂树桩，即使最聪明的猴子也会上当受骗，直到被死死缠住。

卡阿在丛林中向来都是最令猴子们闻风丧胆的，谁都不确定他到底有多大能耐，猴子们从不敢正视他的脸，更没有谁能活着逃出他的怀抱。所以他们逃去了城墙、屋顶，嘴里的喊叫声也因恐惧而变得结结巴巴，这下总算让巴罗得以喘息——虽说他的毛皮比巴格西拉的厚实得多，但刚才一番打斗也让他伤得不轻。

接着，卡阿今晚第一次张大了嘴巴，并发出长长的一声“嗞”，远处那些正准备冲回来保卫寨穴的猴子被吓得停在原地，身体哆嗦个不停，直到他们压着的树枝不堪重负地弯曲、断裂。聚在城墙和空屋子上的猴子们也不敢再喊叫，城里变得安静，莫格里终于听到了巴格西拉从水池里出来，试图甩干湿漉漉的身体的声音。

随后，喧嚣声又卷土重来。猴子们跳到了更高的墙上，他们沿着城垛跳跃，一边尖叫，一边紧紧抱着巨石像的脖子。此刻的莫格里则在凉亭里快乐地跳起了舞，他透过屏风看着猴群，门牙间发出猫头鹰般的叫声，来表示他的嘲笑与蔑视。

“把人娃娃从那个陷阱里弄出来。我已经帮不上忙了。”巴格西拉喘着粗气，“我们赶紧带人娃娃离开吧，他们可能还会再次发起进攻的。”

“没有我的命令，他们不敢动。你们给我老老实实待在那儿！”卡阿发出咝咝声，整座城池再次安静下来。“我没能再早些赶来，兄弟，但我似乎听到了你的呼救声。”他对巴格西拉说。

“我，我可能是打斗的时候叫过你吧……”巴格西拉支支吾吾地答道，“巴罗，你受伤了吗？”

“我不确定他们是不是把我撕成了一百块。”巴罗一边说，一边重重地轮流晃了晃他的四肢，“哇！好痛啊！卡阿，这次多亏了你，连巴格西拉和我的命都是你救的。”

“这没什么，那个人娃娃呢？”

“这儿，陷阱里！我没法爬出去！”莫格里大喊道。破碎的穹顶就在他的头顶上方。

“把他带走。他跳起舞来简直像孔雀马奥一样，他会踩伤我们的幼崽。”里面的眼镜蛇抱怨道。

“哈哈！”卡阿轻声笑道，“这个人类幼崽倒是四处都有朋友呢。人娃娃，退后；毒蛇们，躲好。我要把墙推倒啦。”

卡阿仔细检查了一番，最后在大理石花饰屏风上发现了一道褪色的裂缝，这是个薄弱点。他用脑袋轻轻敲打了两三下来估算距离，然后把六英尺长的身躯抬离了地面，鼻子在前，用尽力气狠命砸了六下。屏风被砸破了，坍塌在尘土和垃圾中。莫格里从缺口处跳了出来，扑到了巴罗和巴格西拉中间——一边一条手臂，钩住了巴罗和巴格西拉的脖子。

“你有没有伤到哪里？”巴罗轻柔地抱着莫格里问道。

“我又气，又饿，但毫发无损；但是，天哪！他们怎么对你们下手这么狠，我的好兄弟们！你们在流血呢。”

“他们也一样。”巴格西拉一边说，一边舔舔嘴唇，看向露台上和水池周围的猴子尸体。

“我受点伤没什么大不了，没事的。只要你没事就好，你可是所有的小青蛙中最让我引以为傲的！”巴罗哽咽着说。

“这话还得以后验证。”巴格西拉冷冷地说着，莫格里一点也不喜欢这种口气，“这是卡阿，我们都欠他一个天大的人情。这场恶斗能赢，你的小命能得救，都是他的功劳。按我们的习俗好好感谢他吧，莫格里。”

莫格里转过身，就看见在自己的头顶一英尺的地方，一条大蟒蛇正在晃着脑袋。

“这就是人娃娃了，”卡阿说，“皮肤真是柔嫩，跟班达尔民还有几分相似。你可要小心了呀，人娃娃，等我重新换了皮在黄昏狩猎时，可别把你错当成猴子了。”

“你跟我，一脉相承。”莫格里回答道，“今晚你救了我的命。以后你饿了，我捕获的猎物就是你的猎物，尊敬的卡阿。”

“万分感谢，小兄弟。”卡阿说，他的目光闪烁着，“这么勇敢的猎人会捕到怎样的猎物呢？下回你外出打猎时，让我也跟着吧。”

“我什么也不猎杀——因为我还太小。但是我会把山羊赶到我能利用他们的地方。等你饿了的时候来找我，看看我说的是不是真的，我还是有些本事的（他伸出双手）。假如哪天你落入陷阱，我就有机会还今天欠你的人情了，还有巴格西拉和巴罗的人情。祝各位都能打猎顺利，我的老师们。”

“说得好！”巴罗欢呼道，莫格里的感谢恰如其分。大蟒蛇把他的脑袋轻轻在莫格里的肩头搭了一会儿。“勇敢又有礼貌的孩子。”他说，“他们竟然愿意穿过丛林，把你这个人娃娃带到这么远的地方。现在，和你的朋友离开这里去睡觉吧，因为等月亮落下之后，发生的事就不是你该看到的了。”

月亮慢慢落下山，一排排瑟瑟发抖的猴子在城墙和城垛上挤作一团，看起来像某种参差不齐、摇摇欲坠的穗子。巴罗下到水池喝水，巴格西拉开始梳理他的毛皮，卡阿则滑行到了露台中央，他把下巴啪地一下合上，吸引了所有猴子的目光。

“月亮下山了，”他说道，“还有光能看得清东西吗？”

从城墙上传来呻吟声，如同树顶上的风声：“我们看得见，卡阿！”

“棒极了！现在开始欢舞——饥肠辘辘的卡阿之舞。好好坐着欣赏。”

他转了两三次大圈，左右摇摆着脑袋。接着，他的身体扭成圆形、八字形，还有软绵绵的三角形，然后化作四边形、五边形，又盘成一堆——他一刻不歇，不紧不慢，嘴里还不停地用他低沉的嗓音哼着歌。天越来越黑，到最后，卡阿那不断扭动变换的、盘绕着的身体消失在了黑暗中，但他们依然能听到那鳞片的沙沙声。

巴罗和巴格西拉站着一动不动，喉咙里发出低吼，脖子上的鬃毛都竖了起来。莫格里看着这一幕，心中满是疑惑。

“班达尔民，”卡阿终于说话了，“告诉我，没有我的命令，你们敢挪动你们的手和脚吗？”

“没有您的命令，我们绝不敢挪动我们的手和脚，尊敬的卡阿！”

“很好！都向我这边迈一步。”

一排排的猴子无助地往前迈了一步，巴罗和巴格西拉也生硬地向前迈了一步。

“再近些！”卡阿斯发出咝咝声，他们便又动了一下。

莫格里轻轻推了推巴罗和巴格西拉，示意他们离开。这两头猛兽一惊，这才如梦初醒。

“你的手就这么搭在我肩膀上，”巴格西拉小声说道，“搭在那儿别动，不然我又要回去了——回到卡阿那儿去。天哪！”

“那只不过是老卡阿在尘土里打圈圈。”莫格里说，“我们走吧。”于是他们三个从城墙的一个缺口溜了出去，往丛林方向前进。

“天哪！”巴罗说道，此时他再一次站在了寂静的树下，“我再也不想跟卡阿结盟了。”他浑身发抖。

“他比我们懂得多。”巴格西拉颤抖着说，“如果我再多待那么一小会儿，可能就走进他的喉咙了。”

“在月亮再次升起之前，会有很多猴子走上那条路。”巴罗说，“他会捕猎顺利的——用他的老办法。”

“但这些动作是什么意思呢？”莫格里说，他对于蟒蛇迷惑人心的力量一无所知，“我就看见一条大蟒蛇傻乎乎地转圈，一直转到黑暗降临，而且他的鼻子看上去疼得厉害。嗬！嗬！”

“莫格里，”巴格西拉生气地说，“他的鼻子会疼都是因为你！就像我的耳朵、两肋和爪子，还有巴罗的脖子和肩膀，都是因为你被咬的！我们得有好一阵子没法享受捕猎的快乐了。”

“这没什么，”巴罗说，“毕竟人娃娃又回到我们身边了。”

“话虽如此。但是他浪费了大把我们本能尽情捕猎的时间，还害我们受了伤，掉了毛——我背上的毛少了一半——更过分的是，还丢了脸。记住了，莫格里，我黑豹是被迫去寻求卡阿的保护的。我和巴罗被他那饥肠辘辘的狩猎之舞搞得像小鸟一样傻乎乎的，所有这一切，人娃娃，都是因为你和班达尔民一起玩！”

“确实，确实如此。”莫格里难过地说，“我是个坏小孩，我的肚子都对此感到悲伤。”

“哼，《丛林法则》上是怎么说的，巴罗？”

尽管巴罗不想再让莫格里惹上什么麻烦，但他也不能篡改法则，他只好咕哝着说：“懊悔不能延缓惩罚。但你要记得，巴格西拉，他还小得很呢。”

“我知道，但是他犯了错，现在就必须挨打。莫格里，你还有什么要说的吗？”

“没有……我做了错事，巴罗和你都受了伤，挨打是应该的。”

巴格西拉手下留情地打了他六下。在一头黑豹看来，这几下拍打轻得连他自己的幼崽都拍不醒，但对于一个七岁的男孩来说，这么几下已经重得令人避之不及了。挨完打后，莫格里打了个喷嚏，一言不发地站起身。

“现在，”巴格西拉说，“跳到我的背上吧，小兄弟。我们要回家了。”

《丛林法则》的魅力之一就在于，一次惩罚便可以解决所有宿怨，不会再有什么秋后算账。

莫格里将头伏在巴格西拉背上，他睡得很沉，即使被送回狼窝，被放在狼妈妈身边，他也没有醒来。

## 班达尔民进行曲

我们正在前进，如飞舞的彩带，
奔向那嫉妒的月亮！
有谁不艳羡我们的精神昂扬？
有谁不希望再多几只手？
难道你们不想拥有我们这样的尾巴——
形如丘比特的弯弓？
现在你生气啦，但——没关系，
兄弟，你的尾巴就在身后挂着呢！

我们坐在一排树枝上，
想着我们知道的美事；
盼着我们要做的美差，
只需一两分钟，大功告成——
高尚的、伟大的好事，
只要我们想，就能达成愿望。
我们忘得一干二净——别在意，
兄弟，你的尾巴就在身后挂着呢！
所有传到我们耳朵里的话语，

无论来自蝙蝠、猛兽还是鸟儿——

无论来自毛皮、鱼鳍、羽毛还是鳞片——

快快一并倾吐！

太好了！太棒了！再来一次！

我们说话就和人类一样。

让我们假装成——还是算了，

兄弟，你的尾巴就在身后挂着呢！

这就是我们猴子的处世之道。

来加入我们，在松树间跳跃、打闹，

如轻盈且高耸的火箭，是野葡萄藤在静静摆荡。

以我们身后丢下的垃圾和我们发出的高贵声响起誓，

我们必然、必然要创造辉煌！

打猎如何，勇敢的猎手？

——兄弟，守候漫长且寒冷。

你将要捕杀的猎物是什么？

——兄弟，他还待在林子里吃草。

曾经令你骄傲的力量去哪了？

——兄弟，它已在我的两肋间消逝。

你为何如此匆忙？

——兄弟，我要前往我的巢穴，等待死亡。

# “老虎！老虎！”

现在我们得回到第一个故事继续讲。莫格里在议会岩大战狼群后离开了狼窝，下山来到了村民居住的耕地里。他并没有在此停歇——因为这里离丛林太近了，而他知道自己在狼群大会上树立了至少一个死敌。所以他继续赶路，沿着顺山谷而下的崎岖之路，稳步前行了近二十英里，直到抵达一片他不认识的地带。山谷变得开阔，一大片平原映入眼帘，平原上布满了沟壑纵横的岩石，一头是一座小村庄，另一头是延伸到牧场的茂密丛林。丛林断开得很是利落，仿佛和牧场之间是被一把锄头分割的。整个平原上遍布着吃牧草的黄牛和水牛，放牛的男孩们看见莫格里，大叫着逃走了，常常出没在每个印度村庄里的黄毛野狗也狂吠不止。莫格里继续向前走，因为此时他感觉饥肠辘辘。他来到村口，看见了那道傍晚时会被拖到村口的大荆棘丛——这会儿它被推到了一边。

“哦！”莫格里说，他曾经在夜晚的漫步觅食中多次遇到过这样的路障，“所以说，这儿的人类也一样害怕丛林中的兽民。”他在村口坐了下来，当有人走过来的时候，他就站起来，张大嘴巴，朝下指一指，表示他想吃东西。那个人盯着莫格里看了看，然后跑回村子的一条街上，大声喊来了祭司。祭司穿着白色衣服，高高胖胖的，前额还涂着一个红黄相间的标记。他来到了村口，身后至少跟着一百个村民，他们盯着莫格里议论纷纷——一边高声嚷嚷，一边指指点点。

“这些人类真不懂礼貌，”莫格里自言自语道，“只有猴族才会像他们这样。”他把他的长头发一甩，对着人群皱起了眉头。

“有什么好害怕的？”祭司说道，“看看他手臂上和腿上的痕迹，那些都是被狼咬的。他就是个从丛林里跑出来的狼孩。”

当然，在和小狼崽子们一起嬉闹的时候，莫格里总会被他们用牙齿无心地夹得重了些，所以他的手臂上、腿上满是白色的旧疤痕。但莫格里绝不会把这看作咬——什么是真正的咬，他心知肚明。

“哦哟！哦哟！”两三个妇女说道，“是被狼咬了呀，可怜的孩子！长得还挺俊俏呢。他的眼睛像烈火一样。我用我的名誉担保，美苏阿，他长得和你那个被老虎叼走的孩子很像呢。”

“让我看看。”一个手腕和脚腕上都戴着厚重铜镯的女人说道，她从手掌下盯视着莫格里，“他并不是我的孩子，他要更瘦些，但他和我的孩子简直长得一模一样。”

祭司是个聪明人，他知道美苏阿是村庄里最阔绰的村民的太太，于是他抬头看了看天，随后便郑重其事地说：“丛林把从你手里夺去的又交还给你了。带他回家吧，我的好姐妹，别忘了要对能预知人类命运的祭司表示敬意。”

“我以赎买我的公牛发誓，”莫格里自言自语，“这些人说的话简直像另一个狼群的考察仪式。好吧，既然我是人，我就必须变成人。”

那个女人向莫格里招招手，让他跟上前往她的小屋，其他人便纷纷散去。小屋里有一张红漆床，一个陶制大箱子，上面印着奇特的浮雕花纹，还有六口铜锅。一个小小的壁龛里放着一尊神像，墙上还有一面真正的镜子——就是那种在乡村集市上售卖的镜子。

女人给了莫格里一大杯牛奶和一些面包，然后把手放在他的头上，凝视着他的双眸。她心想，或许真是那个当年被老虎叼走的孩子从丛林中回来了，于是开口说道：“纳索，啊，纳索！”从莫格里的反应来看，他并不知道这个名字。

“你不记得我给你穿上新鞋的那天了吗？”她摸了摸莫格里的脚，那双脚如动物的角般坚硬。“不，”她伤心地说，“这双脚根本没穿过鞋。但你长得跟我的纳索真是像，就当我儿子吧。”

莫格里有些不自在——此前他还从来没有在屋顶下待过。但他抬头看了看这个茅草屋顶后，心知只要他想离开，他随时都可以把这屋顶撕开，而且窗户上也没有窗栓。“如果连人话都听不懂，当人又有什么好？”莫格里终于忍不住自言自语起来，“我现在跟个不会说话的傻子似的——就好像一个人类在丛林里跟我们待在一起时那样。我得学会他们的语言。”

以前和狼群在一起的时候，莫格里学过公鹿挑衅时发出的声音，还有小野猪的呼噜声。对他来说，那些学习并不是儿戏。所以，每当美苏阿说一个词，莫格里都会模仿得惟妙惟肖，天还没黑，他就学会了小屋里许多东西的名称。

到了睡觉时间，有个难题出现了——莫格里不愿睡在这看起来像抓猎豹的陷阱的屋子里。当他们把门关上时，莫格里就穿过窗户溜了出去。“随他去吧，”美苏阿的丈夫说道，“要知道他从来没在床上睡过。如果他真是来当我们儿子的，他就不会逃跑。”

莫格里在耕地边一片干净的长草丛里舒展开身体，还没等他闭上眼，一只软乎乎的灰鼻子就戳了戳他的下巴。

“哟，”灰兄弟说道（他是狼妈妈最大的孩子），“我跟了你二十英里，这回报也太逊了吧。你身上满是柴火味和耕牛的气味——已经完全像个人了。醒醒，小兄弟，我给你带来一个消息。”

“丛林里一切都好吗？”莫格里问着，伸手抱了抱灰兄弟。

“都好，除了那些被红花烧伤的狼。现在，听我说，谢尔汗跑到远离狼群的地方打猎了，要到他的毛皮重新长好才会回来，因为他的烧伤可重着呢。他发誓，等他回来要把你的骨头埋在瓦伊甘加。”

“那可不一定，我可是也发过誓呢。不过有消息总是好事。我今晚累坏了——学新东西学累的——总之，常给我带消息来吧，灰兄弟。”

“你不会忘了你是狼吧？人类不会让你忘了这一点对吧？”灰兄弟急切地问道。

“永远不会。我会一直记得我爱你，爱我们山洞里所有的狼。但我也会记得，我已经被狼群赶出来了。”

“不过，你可能同样会被另一个群体赶出来，毕竟他们只是人类。小兄弟，他们说起话来简直就像池塘里的青蛙。等我再次下山的时候，我会在牧场边上的竹林等你。”

自那天晚上之后，三个月以来，莫格里几乎没有出过村子，他正忙着学习人类的生活方式和习惯。首先，他得在身上缠块布，这让他很恼火；他还得学习关于钱的事，这实在是令他难以理解；还有耕种，他也看不出有什么用；除此之外，村里的小孩子们老惹他生气。还好，《丛林法则》教会了他不乱发脾气，因为在丛林之中，活命和食物都得靠好脾气来赢得。但每当那些孩子取笑他不会做游戏，或不会放风筝，或把字的音发错的时候，要不是莫格里知道杀死这些光溜溜的小崽子是不正当的行为，他早就把他们举起来撕成两半了。

他并不了解自己到底有多大力气。在丛林里，他知道自己跟猛兽相比是很弱小的，但在村子里，人们说他像公牛一样强壮。

莫格里也完全弄不明白人与人之间因种姓造成的区别。有一次，陶工的毛驴滑进了土坑，莫格里拽着毛驴尾巴把它拖了出来，还帮忙整理好了陶器，让他们能够顺利前往肯西瓦拉市场。这件事令人们震惊，因为陶工是低种姓的人，更别说他的毛驴了。当祭司责怪莫格里的时候，他威胁着要把祭司也扔到毛驴上去，祭司便同美苏阿的丈夫说，最好赶紧把莫格里送去干活。

第二天，村长让莫格里赶着水牛去放牧，照料他们吃草，这可把莫格里乐坏了。当晚，他去参加了村里每晚在一棵巨大无花果树下的石台边举行的聚会——因为他已经算是村里的雇工。这是村里的俱乐部，来这儿碰头、抽烟的有村长、巡夜人、剃头师傅（他对村里的八卦无所不知），还有拥有一支塔尔牌步枪的乡村猎人老布尔迪奥。一群猴子坐在上方的枝条聊天。石台下有个洞，里面的眼镜蛇每晚都能享用一小碟牛奶——因为他是一条“圣蛇”。

老人们围坐在树下闲聊，抽着巨大的水烟袋直到夜深。他们讲述着关于神、人和鬼的精彩故事，老布尔迪奥还会说一些关于丛林野兽的更加精彩的趣闻。坐在圈外听故事的孩子们，眼睛瞪得像要掉出来似的。这些故事大多是关于动物的，因为丛林就在他们村口，鹿和野猪会跑来挖他们的庄稼吃，老虎时而在黄昏光顾，在村口不远处叼走一个人。

对这些丛林野兽，莫格里当然是了解的，所以他不得不遮住脸，以免被人发现自己在笑。与此同时，老布尔迪奥把他的塔尔牌步枪搁在膝头，一个接一个地讲故事，莫格里的肩膀则一直抖个不停。

这会儿，老布尔迪奥正讲到当年掳走美苏阿儿子的老虎是头鬼虎，他被一个几年前就去世的、邪恶的放债人的鬼魂附了身。“我知道，真是这么回事，”他说，“因为在一次暴动中，普朗·达斯的账本被烧了，还被打成了瘸子。而我说的那头老虎刚好也是瘸的，因为他的爪印有深有浅。”

“千真万确，肯定就是这么回事。”胡子灰白的老人们都点头肯定。

“所有这些故事都是胡扯出来的吗？”莫格里说道，“谁都知道那头老虎天生就是瘸的，什么放债人的鬼魂附在比豺狼胆子还小的野兽身上，都是胡说八道。”

老布尔迪奥大为震惊，一时语塞，村长也瞪大了眼睛。

“嚯！这不是丛林回来的小崽子吗？”老布尔迪奥说道，“要是你真那么聪明，就把那只老虎的皮带到肯西瓦拉市场去，政府悬赏一百卢比[①]要他的命呢。要不，就别在长辈说话时插嘴。”

莫格里起身准备离开。“这一个晚上我躺着听到现在，”

① 印度、巴基斯坦、斯里兰卡等国所使用的货币名称。

他回头大声说道，“老布尔迪奥说的关于丛林的故事，除了一两句，全都不是真的——丛林甚至就在他家门口。这样让我怎么去相信他说他亲眼见过的那些鬼神或妖怪的故事呢？”

“这孩子还是全天去放牛吧。”村长发话了。此时的老布尔迪奥被莫格里的无理顶撞气得大口抽着烟，鼻子直哼哼。

大多印度的村子都有个习惯，让几个孩子一大早就赶着水牛和黄牛去放牧，直到天黑了才回来。这牛群足以把一个成年人踩死，却任由这些还够不到鼻子的孩子们又打又骂。只要跟牛群在一起，孩子们就很安全——即使是老虎也不敢挑衅一群牛。但是，如果有孩子落在牛群后面，去采花或是捉蜥蜴，有时就会被野兽叼走。天一亮，莫格里就骑在领头的公牛瑞玛背上，穿过村子里的街道。那些深灰色的水牛，长着长长的、向后弯曲的牛角和凶悍的眼睛，一头头地走出牛棚跟在后面。莫格里明确告诉其他孩子，自己是放牛娃的首领。他用一根又长又亮的竹竿鞭打着水牛，并告诉其中一个叫凯亚的小男孩，让他们自己去放黄牛，但一定要小心谨慎，千万别离开牛群，而他继续赶着水牛往前走。

在印度，牧场上到处是岩石、灌木丛、杂草丛和小沟壑，牛群一到牧场散开后就会不见踪影。水牛们通常会待在池塘或是泥巴地里，这样他们就可以在暖和的泥巴里打滚或是晒太阳，躺上几小时。莫格里赶着水牛来到平原的边际——瓦伊甘加河就是从这儿流出丛林的——从瑞玛的脖子上一跃而下，一路小跑着赶到竹林，找到了灰兄弟。

“啊，”灰兄弟说，“我在这儿等了好些天。这放牛的活儿有啥意思呀？”

“这是命令，”莫格里说，“我现在暂时是村里的放牛娃。谢尔汗有什么消息吗？”

“他已经回到这附近等你好久了，因为捕不到什么猎物，就又走了。但他打算杀你的心没变。”

“很好。”莫格里说道，“只要他没回来，你或是狼兄弟中的一个就坐在那块大石头上，好让我一出村子就能看到你们。要是他回来了，你们就到平原中央达克树旁的那条河沟那儿等我。我们可没必要自投罗网到谢尔汗嘴里去。”

然后，莫格里找了块阴凉地方，躺下睡着了，水牛们就在他身边吃草。在印度，放牛是最清闲的事情之一。黄牛群一边溜达一边吃草，时而躺下来，时而继续向前走，他们甚至都懒得哞哞叫，只是发出哼哼声，水牛群更是几乎什么声音也不发，只是一头接一头地步入泥巴池，慢悠悠地把身体沉入泥巴，直到仅剩的鼻子和瞪大的青瓷色眼珠子还露在水面，便开始像块木头似的躺在那儿。烈日晒得石头都要崩裂，放牛的孩子们听到一只黑鸢（永远只是一只）在他们头顶一个几乎看不见的高度啸叫着。他们很清楚，如果他们死了，或是一头牛死了，那黑鸢就会俯冲而下，数英里之外的其他黑鸢看到后，也会一只接一只地跟着冲下来。在他们彻底断气之前，会有二十只饥肠辘辘的黑鸢不知都从哪儿冒了出来。放牛娃们睡着，醒来，又睡着；他们用干草编织小篮子，把蚱蜢放到篮子里；或是捉两只螳螂，让他们大战一场；或是用红色和黑色的丛林干果串成一条项链；或是看着蜥蜴在岩石上晒太阳，看着一条蛇在泥沼旁捕青蛙。接着，放牛娃们会唱起长长的歌，歌曲的最后还有当地的独特颤音。这里的白日似乎比大多数人的一辈子还漫长。也许他们还会堆上一个泥巴糊的城堡，用烂泥巴做成人形、马形、水牛形，把芦苇放到泥人手中，假装他们是国王，其他泥人是他们的部队，或者假装泥人是用作参拜的神。黄昏时分，孩子们大声呼喊着，水牛们便从黏糊糊的泥巴地里不紧不慢地爬出来，发出的声音宛如枪响，一声接着一声。然后他们排成一串，穿过灰色的平原，回到村庄闪烁的灯火中。

日复一日，莫格里每天都赶着水牛来到他们的泥池子，每天都能看到一英里半之外的平原上灰兄弟的背影（以此确定谢尔汗还没有回来）；日复一日，莫格里躺在草地上，听着周围的嘈杂声，梦里都是曾经的丛林生活。哪怕谢尔汗在瓦伊甘加河畔的林子里用他的瘸腿迈错一步，莫格里都能在那些漫长而寂静的早晨听得分明。

这一天终于来了，莫格里没有看到灰兄弟出现在老地方。他笑着把水牛赶到达克树旁的河沟边，树上开满了金红色的花。灰兄弟就坐在那儿，背上的刚毛根根竖着。

“他躲了一个月，就是为了让你放松警惕。昨晚，他和塔巴奇翻过了山，匆忙追寻你的行踪。”灰兄弟气喘吁吁地说。

莫格里眉头紧锁:“我不怕谢尔汗，但塔巴奇奸猾得很。”

“不用担心。”灰兄弟边说边舔了舔嘴巴，“我在天刚亮时碰到塔巴奇了，这会儿他正向黑鸢卖弄自己的小聪明呢。但早在我打断他的脊梁骨之前，他就把一切都向我坦白了。谢尔汗的计划是今晚在村口等你——只等你，别人都不等。他现在正在瓦伊甘加那条干涸的河谷里躺着呢。”

“他今天吃过东西了吗，还是空着肚子捕猎的？”莫格里问道，这个问题的答案可是关乎他的性命。

“黎明的时候，他杀了头猪，还喝了水。你要知道，谢尔汗从来不搞禁食，即使是为了报仇。”

“噢！真是傻子，蠢蛋！真是天真至极！吃饱喝足了，还以为我会等他睡醒再动手呢！嘿，他在哪儿躺着？我们要是有十个人手，便可以把他就地制服。这些水牛不会冲上去的，除非他们能嗅到谢尔汗的气味，而且我也不懂他们的语言。我们能不能绕到他的背后，好让水牛嗅出他的气味？”

“他跳下瓦伊甘加河游了好久，把气味切断了。”灰兄弟说。

“我知道，这主意肯定是塔巴奇的，谢尔汗自己哪能想得出来。”莫格里站在那儿边吮手指边思考，“瓦伊甘加的大河谷，是在离这儿不到半英里的平原上变开阔的。我可以带着牛群绕过丛林，抵达河谷的头部，然后横扫而下——但他会从河谷尾部偷偷溜走，我们必须把那头堵住。灰兄弟，你能不能帮我把牛群分成两队？”

“我恐怕不行，但我给你带来了一位睿智的帮手。”灰兄弟一路小跑，跳进了一个洞里。然后，一个莫格里非常熟悉的巨大灰脑袋从洞里探了出来，炙热的空气中弥漫着丛林里最凄凉的叫声——正午时分一只准备捕猎的狼的嚎叫。

“阿克拉！阿克拉！”莫格里一边拍手一边说着，“我就知道你不会忘记我的！我们手头可有件大事要办。把牛群分成两队，阿克拉。母牛跟牛犊子一队，公牛和耕地的水牛分在另一队。”

两头狼在牛群里穿梭，像是在跳舞一般，牛群呼哧呼哧地喘着，昂着脑袋被分成了两队。母牛们围着小牛犊子们在一队，她们瞪着眼，牛蹄子在地上蹭着，进入备战状态——但凡有一头狼停下来，她们便会冲上去踩死他。另一队的青壮年公牛也喷着鼻息，跺着脚。虽然看起来更嚣张，但其实他们的危险性要小些——毕竟他们没有小牛犊子需要保护。即使有六个成年男子，也不见得能把牛群分得这么利落。

“还有什么指令？”阿克拉气喘吁吁，“两队牛又要合二为一了。”

莫格里赶紧骑上瑞玛的背：“把公牛往左赶，阿克拉。灰兄弟，我们走了以后，让母牛们继续待在一块儿，然后把她们赶去河谷尾部。”

“要赶到多远呢？”灰兄弟喘着粗气厉声说。

“赶到两边河岸都超过谢尔汗能跳上去的高度就行。”莫格里大声回答，“让牛待在那儿，直到我们下来。”随着阿克拉的一声吆喝，公牛们飞奔而去。灰兄弟则站在了母牛前面，母牛们朝着他一拥而上，而他就跑在牛群前方，向河谷尾部

跑去。此时阿克拉已经把公牛向着左边赶远了。

“干得好！再冲刺一次，他们的速度就上来了。现在可要小心了——当心哪，阿克拉！冲得过头了，公牛们会撞到你的！哎哟！这活儿可比赶黑公鹿带劲。你想不到这些家伙能跑那么快吧？”莫格里喊道。

“我以前——我以前也猎捕过这些家伙。”阿克拉在扬起的尘土中喘着粗气，“我需要把他们往丛林里赶吗？”

“转弯！赶紧转弯！瑞玛这会儿都气急败坏了。唉，要是我能告诉他今天需要帮什么忙该多好啊！”

这会儿公牛们被向右赶，冲进了高高的灌木丛里。其他放牛娃在半英里之外看着牛群，又忙不迭地跑回村子，大声喊着“水牛们发疯啦，逃跑啦”。

其实莫格里的计划很简单，就是从山上绕个大圈子，绕到河谷头部，然后把公牛赶下河谷，将谢尔汗困在公牛和母牛中间。因为他很清楚，吃饱喝足的谢尔汗不适合打斗，也爬不上河谷的两岸。现在，他正在用声音安抚水牛们，阿克拉则远远地落在后方，只偶尔发出一两声狼嚎来催促后面的水牛。这个圈实在是大，因为他们不想离河谷太近，令谢尔汗有所察觉。最后，莫格里把这群晕头转向的牛集中赶到了河谷的头部。这里是一片长满草的陡峭斜坡，斜插在谷底。

从这个高度，你能越过树顶看到下面的平原。但这会儿莫格里关注的是河谷两岸，几乎直上直下的河岸让他十分满意，上面还长满了各种藤蔓——老虎若是想爬上去，连个落脚的地方都不会有。

“让他们喘口气吧，阿克拉。”莫格里抬起手说道，“他们还没闻到谢尔汗的气味呢，让他们暂时喘口气。我得通知谢尔汗是谁来了。我们几乎已经成功地把他困进陷阱了。”

莫格里把双手拢在嘴边，对着下面的山谷喊话——这相当于对着一个地道喊话——回声在岩石间回荡。

过了好一阵子，终于传来了一只饱餐完刚睡醒的老虎发出的拖沓的、满是睡意的咆哮声。

“是谁在叫？”谢尔汗吼道，一只华美的孔雀尖叫着拍打翅膀，从谷底飞了出来。

“是我，莫格里。你这个偷牛贼，是时候让你来议会岩了！下去——快把牛赶下去，阿克拉！下去，瑞玛，下去！”

牛群在斜坡的边上迟疑了片刻，但当阿克拉扯着嗓子发出狩猎的信号后，牛群就如轮船冲破急流般一头头地冲了下去，沙石在他们周围飞溅。一旦牛群奔跑起来，就一发不可收拾了。在他们抵达谷底之前，瑞玛就嗅出了谢尔汗的气味，他狂叫起来。

“哈！哈！”莫格里伏在瑞玛的背上说，“现在你可算是知道了吧！”黑压压的牛角，喷着白沫的牛鼻子，瞪视的牛眼睛，牛群如山洪暴发时的巨石般滚滚而下，涌到了谷底。相对不够强壮的水牛被挤到河谷两边，只好从藤蔓间快速穿过。他们很清楚要去干什么——一只老虎根本无法抵抗得了水牛群的疯狂冲击。谢尔汗听到了雷鸣般的牛蹄声，起身笨拙地沿着河谷向下东张西望，寻找逃脱的路，但河谷两岸太陡了，他只能继续向前——吃饱喝足的老虎身体太过笨重，实在毫无斗志。牛群溅着水花踩进谢尔汗刚才经过的池塘，低沉的吼声回荡在狭窄的河谷间。莫格里听到了河谷尾部传来的回应声，同时看到谢尔汗转过身（谢尔汗很清楚，万般不得已的情况下，公牛总比带着小牛的母牛好应付）。接着，瑞玛被绊了一下，差点摔倒，然后踩着什么软乎乎的东西过去了，其他公牛紧随其后，彻底撞进了另一群牛里。剧烈的撞击下，弱一些的水牛四脚都被掀离了地面。撞击把两群牛都带到了平原上，他们互相抵着牛角，踩着牛蹄，喷着鼻息。莫格里看准时机，从瑞玛的脖子上滑了下来，左右挥舞着他的棍子。

“快，阿克拉，把他们分开！让他们散开，不然他们会互相打起来的！把他们赶走，阿克拉！嘿，瑞玛！嘿！嘿！嘿！我的孩子们，现在轻一点，轻一点！都结束了。”

阿克拉和灰兄弟来回地跑着，轻咬着水牛腿。虽然牛群一度想掉头重新冲向河谷，但莫格里成功地让瑞玛转了个弯，其他的牛也就都跟着进了泥池子。

不需要更多的牛去踩踏谢尔汗了，他已经死了，黑鸢们已经来找他了。

“兄弟们，他死得像条狗。”莫格里说着，摸出了一把刀。自从他回到人类中后，就一直把刀放在脖子上的刀鞘里。“一点斗志也没有。他的皮放在议会岩上倒是不错，我们得赶快动手了。”

一个在人群中长大的孩子，做梦也不会想到独自去剥下一张十英尺长的虎皮，莫格里却比任何人都清楚动物的皮是怎么长的，又该如何剥下来。不过这可不是轻松的活，他又是刀割，又是手撕，嘴巴里不停咕哝着，忙活了一个小时。两头狼在一旁吐着舌头，或是按照莫格里的命令上前帮忙拉扯一番。

不一会儿，有只手搭在了他的肩膀上，莫格里抬头一看，原来是带着塔尔牌步枪的老布尔迪奥。孩子们告诉了村里人水牛逃跑的事，老布尔迪奥愤愤地出了村子，迫切地想教训没有好好放牛的莫格里。一看到有人来了，两头狼立刻消失得无影无踪。

“你干的是什么蠢事？”老布尔迪奥气呼呼地说，“你居然想着能独自剥下一张虎皮！刚才水牛是在哪儿把他踩死的？原来这就是那只瘸腿老虎，要知道，他的命被悬赏一百卢比呢。好，好，我们就暂时不怪你让牛群逃跑的事。如果我把虎皮拿去肯西瓦拉领赏，或许还可以从赏金里分出一卢比给你。”

老布尔迪奥从围腰布里摸出打火石和火镰，俯身去烧谢尔汗的胡须——大多数本地猎人都会烧掉老虎的胡须，以防被老虎的鬼魂附身。

“哼！”莫格里近乎自言自语地说着，同时剥下了老虎前爪的皮，“这么说，你是想把虎皮带去肯西瓦拉领赏，或许还会分我一卢比？但我心里自有主意，这张虎皮我有我的用处。喂，老头儿，把火拿开！”

“你就这么跟村里的猎人头领说话？你能杀死这只老虎，全凭运气和水牛的愚蠢。要不是老虎吃得太饱，他这会儿早就逃出二十英里之外了。你甚至不知道该怎么正确剥皮，你这小叫花子！我，老布尔迪奥，还要被你教育别烧老虎的胡须。莫格里，我连一个安那[1]也不会给你，我只会狠狠揍你一顿。从尸体边滚开！”

“我以当年赎买我的公牛发誓，”莫格里说，他正剥到老虎肩膀处的皮，“我非得听这只老猿猴没完没了地唠叨一个中午吗？来这儿，阿克拉，这人快烦死我了。”

刚才还在虎头上方俯着身子的老布尔迪奥，发现自己突然四仰八叉地躺在草地上，一头灰色的狼正站在一旁俯视着他。而莫格里仍在剥着虎皮，仿佛整个印度只有他一个人。

“是——的——”莫格里咬着牙从嘴里挤出这个词，“你说得都对，老布尔迪奥，你永远也用不着给我一个安那的赏钱。这是我跟这只瘸腿老虎之间的旧账——很久以前的事了——现在我赢了。”

平心而论，如果老布尔迪奥年轻十岁，在丛林里遇上这么一头狼，他可能会抓住机会与阿克拉大战一场。但眼前这头狼竟然听命于这个跟吃人的老虎有私人恩怨的小男孩，这绝不是一只普通的动物。老布尔迪奥认为这是妖术，而且是最邪恶的那种，他心里琢磨着脖子上的护身符能不能保护自己，身体则一动不动地躺着，每分每秒都期待着能看到莫格

---

① 印度旧时货币单位，相当于一卢比的十六分之一。

里也变成一头老虎。

“马哈拉吉！伟大的国王。”老布尔迪奥最后用嘶哑的嗓子低声说。

“怎么？”莫格里说，他没有回头，只是轻轻笑了一声。

“我老了，我什么都不知道，只知道你是个放牛娃。我可以起身离开了吗，还是你的仆人打算把我撕成碎片？”

“走吧，好走不送，下次别再来插足我的捕猎了。让他走，阿克拉。”

老布尔迪奥拼了老命一瘸一拐地跑回村子，还不时回头张望，看莫格里有没有变成什么可怕的怪物。一回到村子，他就将自己见识到的可怕的魔法、妖术和巫术告知了所有

人，听得祭司神色凝重。

莫格里继续剥他的虎皮。直到日落西山，他才和两头狼一起把一整张虎皮从老虎身上剥离下来。

“现在我们得把虎皮藏好，然后把水牛赶回去！快帮我一起赶牛，阿克拉。”

牛群在黄昏的薄雾中聚集起来。当他们快到村子时，莫格里看见了火光，听到有人在吹海螺，神庙的钟声也响了起来。一半的村民似乎都在村口等着莫格里。“这是因为我杀了谢尔汗。”他自言自语道。但此时，一块块石头如枪林弹雨般从他的耳畔呼啸而过，村民们高喊着：“巫师！狼孩！丛林的恶魔！快滚开！赶紧滚！不然祭司就要把你变回狼了！开枪，老布尔迪奥，开枪！”

那把塔尔牌老步枪砰的一声开了火，一头小水牛痛苦地吼叫起来。

“又用妖术！”村民们叫了起来，“他能让子弹转向！老布尔迪奥，那是你的水牛啊。”

“这是怎么回事？”更多的石头飞了过来，莫格里困惑不已。

“你的这些兄弟跟狼群一样。”阿克拉坐在一旁镇定自若地说，“在我看来，子弹只能说明他们要把你赶出村子。”

“狼！狼孩！滚开！”祭司一边吼着，一边挥舞着一根圣罗勒枝条。

“又来了？上一次是因为我是个人类，这一次是因为我是头狼。我们走吧，阿克拉。”

一个妇人——正是美苏阿——朝着牛群跑了过来，她大声喊叫着：“噢，我的儿子，我的儿子！他们都说你是巫师，能随心所欲地把自己变成野兽。我不信，但你得离开，不然他们会杀了你。老布尔迪奥说你是巫师，可我知道你为我死去的纳索报了仇。”

“回来，美苏阿！”人群高喊着，“回来，不然我们也用石头砸你了！”

莫格里露出一个短促而难看的笑容，因为刚刚一块石头砸中了他的嘴巴。“快回去，美苏阿。这只是他们在黄昏时的大树下编造的一个愚蠢故事。至少，我为你的儿子报仇了。再见了，快回去，因为我要把牛群往回赶了——他们可比砖头快多了。我不是巫师，美苏阿。再见了！”

“现在，再来一次，阿克拉，”莫格里大叫道，“把牛群赶进去。”

水牛们迫不及待地要回村子。他们几乎无须阿克拉的吆喝，就已经如旋风般冲进了村口，把人群冲散到了左右两边。

“好好数牛！”莫格里用鄙视的口吻高声喊道，“没准我偷了头牛呢。你们可得数清楚，因为我以后可再也不会为你们放牛了。再见了，人类的孩子们。你们得感谢美苏阿，要不是她，我一定会带着我的狼上街把你们抓走。”

莫格里转过身，和前狼王一起离开了。当他抬头仰望星空时，心情异常舒畅。“我再也不用睡在陷阱里了，阿克拉。我们拿上谢尔汗的皮离开这儿吧。不，我们不会去伤害村民的，毕竟美苏阿对我很好。”

月亮升起来了，平原仿佛沐浴在牛奶之中。被吓坏了的村民看着莫格里带着两头狼，头上顶着一个包裹，以稳定的狼步小跑着，如火烧般吞噬了漫长的路程。于是他们把神庙的钟敲得更响了，海螺也吹得更起劲了。美苏阿在一旁哭泣，老布尔迪奥还在给他的丛林奇遇添油加醋，直说到阿克拉能用后脚站立，还会像人类一样说话。

当莫格里和两头狼来到议会岩所在的山上时，月亮正要落下，他们在狼妈妈的洞口停了下来。

“他们把我赶出了人群，妈妈，”莫格里大声嚷着，“但我兑现了当初的诺言，带回了谢尔汗的皮。”狼妈妈费力地从洞里出来，身后跟着她的小狼崽子。她一看到谢尔汗的虎皮，顿时眼睛一亮。

“还记得那天，这家伙把脑袋和肩膀硬生生塞进洞里，想要你这个小青蛙的命——那天我就告诉过他，捕猎者总有一天也会被猎捕。干得好！”

“小兄弟，干得好。”灌木丛里传来一个低沉的声音，“丛林里没有你，我们很寂寞。”巴格西拉跑到了莫格里的光脚丫前。他们一起爬上了议会岩，莫格里把虎皮摊开，铺在了阿克拉过去常坐的那块平坦的大石头上，然后用四根竹条把虎皮固定住。阿克拉躺在了上面，发出了以往号召大家开会的呼唤：“看看吧——好好看看，所有的狼民！”正如当初莫格里第一次被带到议会岩时的呼唤一样。

自从阿克拉被赶下台后，狼群就没了首领，无论捕猎还是打架，全凭他们自己高兴。但是出于习惯，他们还是回应了阿克拉的召唤。狼群中有的因为掉进陷阱而瘸了腿，有的因为中枪跛着脚，有的因为吃了糟糕的食物长了疥癣，还有很多已经不知去向，剩下的都来到了议会岩。他们看到谢尔汗的条纹毛皮铺在石头上，巨大的虎爪在空荡荡的虎脚上耷拉着。此刻，莫格里编了一首没什么韵律的歌，一首自顾自从他喉咙里冒出来的歌。他一边大声地唱着，一边在那漂亮的虎皮上跳上跳下，还用脚跟打着拍子，直到喘不上气为止，阿克拉和灰兄弟则在每一段歌曲之间都吼上几句。

“好好看看，狼民们。我是不是兑现了我当初的诺言？”莫格里唱完歌后说道，狼群齐声叫出“是的”，其中一头毛皮凌乱的狼嚎叫道：

“再次领导我们吧，阿克拉。请再次领导我们吧。啊，人娃娃，我们已经厌倦了这样没有律法的状态，我们愿意再次成为兽民。”

“不，”巴格西拉咕哝道，“不太可能了。等你们吃饱喝足了，疯劲又会上来的。把你们称为自由民是有原因的。你们曾为自由而战，现在你们拥有自由了。尽情享用吧，诸位狼兄。”

“人类和狼群都驱逐了我，”莫格里说，“今后我要在丛林中独自捕猎。”

“我们要和你一起捕猎。”四个小狼崽说。

从那天起，莫格里便带上这四个小狼崽离开了，他开始在丛林中独自捕猎——当然他也不是一直都独来独往，数年后他长成了大人，还结了婚。

但那就是个讲给大人听的故事了。

## 莫格里之歌

这便是议会岩上，莫格里在谢尔汗的虎皮上跳舞时所唱的歌。

莫格里之歌——我，莫格里正在欢唱，丛林啊，快来聆听我的战绩。

谢尔汗曾口出狂言要我的命——要我的命！黄昏时分，在村口拿下青蛙莫格里的小命！

他大吃大喝。多喝些吧，谢尔汗，你何时才能有下一次畅饮？睡吧，在白日梦中拿下我的小命。

我独自在牧场之上。灰兄弟，来找我！独身狼，来找我！因为有个大猎物在四处招摇。

拦住那群水牛——那群怒目圆睁的灰蓝皮水牛。按我的命令，把他们赶过来再赶回去。

还在睡大觉吗，谢尔汗？醒醒吧，噢，快醒醒！

我来啦，身后还跟着一大群公牛。

瑞玛，水牛之王，正踏着他的铁蹄。

瓦伊甘加的河水啊，谢尔汗溜去了哪儿？

他不像野猪伊基会挖洞，也不像孔雀马奥能飞翔。

更不如蝙蝠曼尼，能挂在树枝上。

嘎吱嘎吱响的小竹子，快告诉我，谢尔汗溜去了哪儿?

噢！他在那儿！嚯！他在那儿！瑞玛的脚下正躺着瘸腿老虎！

起来，谢尔汗！起来杀我呀！肉就在这儿！来扭断公牛的脖子呀！

嘘！他睡着啦。我们还是别吵醒他，他的力气可大着呢。

黑鸢已经前来巡视，蚂蚁也爬上来一探究竟。纪念他的集会就要开始了。

啊啦啦！我身无衣裹。黑鸢能看到赤裸着的我，我实在羞于见到这些丛林居民。

把你的外套借给我吧，谢尔汗。把你那华美的条纹外套借给我，我要穿着它前去议会岩。

我以赎买我的公牛发誓，我许下了一个誓言——一个小小的誓言。如今只缺你的虎皮让我兑现它。

就用这把刀，这把人类使用的刀，这把属于猎手的刀，我这就躬身来取我的奖赏。

瓦伊甘加的河水啊，请明鉴，谢尔汗是如此爱我，甚至把他华美的外套都献给了我。

加把劲，灰兄弟！加把劲，阿克拉！谢尔汗的虎皮可不轻。

人类生气了。他们开始扔石头，讲些胡诌的昏话。我的嘴巴流血了，我们快逃跑吧。

穿过黑夜，穿过热烘烘的黑夜，快和我一起奔跑吧，兄弟们。我们将远离村庄的灯火，奔向低垂的月亮。

瓦伊甘加的河水啊，人类将我驱逐。我从未伤害过他们，可为何他们如此惧怕我？

狼群同样将我驱逐。丛林抛弃了我，村庄也抛弃了我。这究竟是为什么？

正如蝙蝠曼尼在野兽和鸟类间徘徊，我也在村庄与丛林间流浪。这究竟是为什么？

我在谢尔汗的虎皮上起舞，心却只觉得很重很重。我的嘴角被村民的石块砸伤，心却因重归丛林而感到轻松。这究竟是为什么？

这两件事在我的心头打架，正如在泉水中斗架的蟒蛇。

水从我的眼睛里流了出来，它滴落之时，我却放声大笑。这究竟是为什么？

我被分成了两个莫格里，但谢尔汗的虎皮还是被我踩在脚底。

我杀了谢尔汗的消息已经传遍了整座丛林。看看吧，好好看看吧，狼民们！

哎！我的心因那些我想不明白的事而变得沉重。

嘘！安静，我的小宝贝，黑夜已经离我们远去，
泛着荧荧绿光的海水此刻一片漆黑，
月光踏着碎浪，低头看向我们，
在山谷间翻涌着的朵朵浪花中休憩。
一浪又一浪的波涛，正是你柔软的枕头。
啊，疲倦的小海豹，安心地蜷成一团吧！
风暴不会惊扰你，鲨鱼也无法追上你，
在大海轻柔晃动的怀抱里安睡吧。

——海豹摇篮曲

# 白海豹

所有这些故事都发生在很久以前，一个叫诺瓦斯图夏纳的地方，你也可以称它为东北岬，它位于白令海的圣保罗岛上——那里非常遥远。一只叫林默辛的冬鹪鹩把这个故事告诉了我——那会儿他正被吹到一艘驶往日本的轮船的缆绳上。于是我把他带进了船舱，让他暖暖身子，并喂养了好些天，直到他能再飞回圣保罗岛。林默辛是只古怪的小鸟，但他从不说假话。

若不是因为任务，没有谁会去诺瓦斯图夏纳，而定期去那里完成任务的也只有海豹。夏天，成千上万的海豹会从冰冷的灰色海域赶来，因为诺瓦斯图夏纳的海滩是世上最好的海豹栖息地。

西卡其知道这一点，因此，每年春天无论他在哪儿，都会如鱼雷艇一样径直游向诺瓦斯图夏纳，然后花上一个月的时间和同伴打斗，抢夺岩石上尽可能靠近海水的好地盘。西卡其十五岁，是一头巨大的灰色海豹，肩膀上长着浓密的毛发，还有一副长长的、凶狠的犬牙。当他用前鳍肢撑起自己的身体时，离地足足有四英尺高。而他的体重——如果有人胆敢称一下他的重量的话——是近七百磅[①]。他浑身都是恶斗留下的疤痕，即便如此，他仍然为下一次干架时刻准备着。他会把头扭到一边，装出因害怕而不敢正视敌人的样子，接着如闪电般冲出去。当他那副巨大的尖牙紧紧咬住其他海豹的脖子时，被咬住的海豹可能会死命逃脱，但西卡其可不会给他机会。

不过，西卡其从来都不会追杀一头已经认输的海豹，因为这是有悖于《海滩法则》的。说到底，他只是想在海边有一块繁衍栖身的空间，可是每年春天，都会有四五万头海豹为了相同的目的来到这里，因此海滩上充斥着可怕的啸叫

---

① 1 磅约合 0.45 千克。

声、咆哮声、怒吼声和撞击声。

从那座叫作哈奇森的小山上，你能看到方圆三英里半到处都是打斗的海豹。海浪中星星点点的，都是急着上岸抢地盘的海豹脑袋。他们在海水里斗，在沙地上打，连用来繁衍栖身的、被海水磨光的玄武岩也是他们的战场，因为他们跟人类男性一样愚蠢好斗。他们的妻子要到五月底或六月初才上岛——她们可不想被撕成碎片。那些还不用养家的二到四岁的小海豹，则会穿过打架的海豹群，上岛深入大约半英里，成群结队在沙丘上玩耍，蹭光地上长出的所有绿色植物。他们被称作霍鲁斯其科——意思是单身汉。光在诺瓦斯图夏纳，这样的单身汉就有二三十万头。

那年春天，在西卡其刚刚结束了他的第四十五次战斗之后，他的妻子——毛皮柔软光滑、眼神和善的玛特卡——从海里冒了出来。他一把抓住妻子的后颈，在他抢到的地盘上放下她，粗声粗气地说："每次都来得这么晚。你上哪儿去了？"

一般来说，在海滩上的四个月里，西卡其不进食，所以他的脾气很暴躁。玛特卡知道，这个时候还是不要顶撞他为好，于是她环顾了一下四周，温柔地说道："你真是周到体贴，又抢到了老地方。"

“那当然，”西卡其说道，“你看看我！”

他身上被抓得至少二十处在流血，一只眼几乎瞎了，身子两侧更是伤痕累累。

“噢，你们这些公海豹也真是的！”玛特卡边说边用后鳍肢给自己扇风，“你们为什么就不能理智些，安安静静地分配地盘呢？看你这架势，像是跟虎鲸打了一架。”

“从五月中旬开始，除了打架，我啥事也没干。这时节海滩上挤得要命，在我遇上的海豹中，从卢卡农海滩到这儿来找窝的就不下一百头。他们为什么就不能待在自己的地盘呢？”

“我常觉得，如果我们不到这儿来挤，而是去水獭岛，也许会快活得多。”玛特卡说道。

“呸！只有霍鲁斯其科才去那儿，如果我们去了，肯定会被嘲笑胆小。脸面总归还是得要，亲爱的。”

西卡其得意地把脑袋缩进肥肥的双肩中，假装要小睡几分钟，但其实他始终对四周保持着高度警惕，随时准备迎接战斗。现在，所有海豹和他们的妻子都已经上了岛。即使在几英里之外的海上，你都能听到他们的吵嚷声——那声音甚至盖过了最响的疾风。海滩上至少有一百万头海豹——年老的海豹、海豹妈妈、刚出生的海豹宝宝，还有霍鲁斯其科。

他们在一起打斗、混战、低声叫唤、爬行、嬉闹——成群结队的海豹游进海里，再游回岸上。放眼望去，每一块地面上都躺着海豹。他们时而穿过迷雾，在队伍之间爆发一些小型冲突。在诺瓦斯图夏纳，雾天是家常便饭，阳光难得露面的时候——往往只有那么一小会儿——一切看上去都闪烁着珍珠般的光泽，泛着彩虹般的色调。

玛特卡的宝宝科迪克就出生在这样的混乱之中。和所有刚出生的小海豹一样，他的头和肩膀显得特别大，还有一双水灵灵的淡蓝色眼睛。但他的毛皮却有些不一样，他的妈妈仔细打量了一番。

“西卡其，”她最后说，“我们的宝宝将来会是一头白海豹！”

“什么空蚌壳干海草的胡说八道！”西卡其哼着鼻子说，“世上哪有白海豹这种东西。”

“对此，我也无能为力。”玛特卡说，“以后世界上就会有了。”她低声吟唱起了海豹歌，所有的海豹妈妈都会为她们的宝宝唱这首歌：

六个月大之前，你不能去游泳，
不然你会头朝下沉入海底；

夏天的狂风和虎鲸，
都不会善待海豹宝宝。
他们坏透了，亲爱的宝宝呀，
他们要多坏有多坏；
但只要踩着水花，茁壮成长，
你就不会出问题，
大海的孩子！

当然，小家伙起初完全不明白这些话是什么意思。他划着水，在妈妈身边爬来爬去。爸爸和其他海豹打斗的时候，两头海豹往往会滚成一团，吼声一片，在光滑的石头上打来打去，此时小海豹会学着躲到一边。玛特卡常去海里找吃的，小家伙两天才能吃一次，但他每次都抓住机会吃个够，于是他便以肉眼可见的速度茁壮成长起来。

他学会的第一件事就是往海岛内陆爬。在那里，他遇到了成千上万头跟他一样大的海豹宝宝，大家如小狗般聚在一起嬉闹，一起在干净的沙地上睡觉，醒了继续玩乐。留守在繁育场的老海豹没空搭理他们，霍鲁斯其科们寸步不离自己的地盘，因此海豹宝宝们玩得不亦乐乎。

当玛特卡从深海捕鱼回来时，她会直奔海豹宝宝玩乐的地方，如母羊呼唤小羊羔一般呼唤自己的孩子，直到听见科迪克的叫声。然后她会径直朝她的儿子赶去，用前鳍肢开路，把左右两边的小海豹撞倒在地。总会有几百个妈妈在这个游乐场寻找自己的宝贝，所以这儿可是个热闹的地方。但是，正如玛特卡常跟科迪克说的那样：“只要你别躺在泥水里染上疥癣，也别把硬沙子揉进抓破的伤口里，更不要在巨浪中游泳，这里就没有任何东西能伤害到你了。”

小海豹和小孩子一样不会游泳，但他们不学便觉得不畅快。科迪克第一次下海时，一个浪把他打翻在摸不到底的地方，他的大脑袋沉了下去，小小的后鳍肢正如他妈妈在歌里唱的那样翘了起来，要不是刚好下一个浪把他打了回来，他就淹死了。

自那以后，科迪克学着躺在海滩的水坑里，打来的波浪刚好没过他的身体，然后他划动鳍肢，海浪就会把他的身体托起来——但他也会时刻留心那些能伤害到他的巨浪。两个星期后，他学会了如何使用他的鳍肢。在此期间，科迪克总是挣扎着在海水中起起伏伏，咳嗽着，哼哼着，爬上海滩在沙子上小憩片刻，然后再回去，直到他完全通晓了水性。

接下来，你就能想象到他和小伙伴玩得有多高兴了。他们时而迎着浪潜入海中；时而踏着碎浪，在远处翻滚的巨浪扑向海滩时水花四溅地着陆；或是模仿老海豹，用尾巴站立着挠自己的头；还会在海滩上那堆凸起的、满是海草的光滑大石头上玩“我是城堡之王”的游戏。有时，科迪克会在水面上看到一片薄薄的鳍——像是大鲨鱼的鳍——沿着海边逐渐靠近，他知道那是虎鲸葛兰普斯，抓到小海豹就会把他们吃掉。科迪克一看到他，就会像箭一样飞速回到海滩上，这片鱼鳍便会一起一伏地离去，好像压根没在寻找猎物似的。

十月底，海豹们开始离开圣保罗岛前往深海，他们往往携家带口或是跟着大部队。此时，他们不再为抢地盘而干架，霍鲁斯其科们也可以随处嬉闹了。

“明年，”玛特卡对科迪克说，“你也会成为一个霍鲁斯其科，但今年你得先学好捕鱼。”

他们一起出发，穿越太平洋，玛特卡向科迪克演示如何仰面睡觉——把鳍肢贴着身子收起来，只把他的小鼻子露出水面。再没有比太平洋上悠长的、摇摆的波浪更舒适的摇篮了。当科迪克感觉到全身的皮肤都在刺痛时，玛特卡告诉他，他正在学习“水感”，这种刺痛感意味着天气要变糟了，所以他必须奋力往前游。

“很快，”妈妈说，“你就会明白该往哪个方向游，但现在我们得紧跟着鼠海豚西皮格，因为他非常聪明。”一群鼠海豚潜入海中，劈开一条水路，科迪克使出浑身解数紧跟他们。

“你们怎么知道要去哪儿？”他气喘吁吁地问，领头的鼠海豚转了转他的白眼珠子，扎进更深的海里。“我的尾巴有刺痛感，小家伙。”他说道，“也就是说我们身后有一场风暴。跟着我们一起！当你在黏糊糊的海水（他指的是赤道）南部，而你的尾巴有了刺痛感的时候，这就意味着前方有风暴，你必须向北游。跟上我们！这儿的水可不对劲。”

这是科迪克要学习的诸多内容之一，他时刻都在学习。玛特卡教会他如何在水下沿岸追捕鳕鱼和大比目鱼，如何从海草丛中的洞穴里揪出海鳕鱼；教会他怎么绕过海底一百英寻①深处的沉船残骸，在鱼群中间像一颗步枪子弹般从一扇舷窗冲进去，再从另一扇冲出来；教会他在电闪雷鸣时如何在浪尖舞动，并在短尾巴的信天翁和军舰鸟顺风而下时，彬彬有礼地挥挥鳍肢以示问候；教会他如何把鳍肢贴着身子收起，卷起尾巴，像海豚一样跳出水面三四英尺高；教会他不用理会那些飞鱼，因为他们全身都是骨头；教会他在十英寻深的海里全速前进，一口咬下鳕鱼肩头的肉；以及，教会他

① 英美制测量海洋深度的单位，1 英寻约合 1.8 米。

永远不要停下来观看一艘船，无论大小，尤其是划艇。六个月后，关于深海捕鱼的知识，科迪克不知道的就只剩下那些无关紧要、不值一提的了。在那段日子里，他的鳍肢都没离开过水。

然而有一天，当他躺在胡安·费尔南德斯群岛附近温暖的海水里半睡半醒时，突然感到晕乎乎的，浑身懒洋洋的——正如人类在春天时会有的感觉一般。然后他想起了七千英里外诺瓦斯图夏纳又坚实又舒服的沙滩，和小伙伴们玩的游戏，海草的气味，海豹的咆哮声，还有那些打斗场面。那一刻，他掉头向北，稳步游着，一路上遇到了几十个同伴，都和他赶往同一个目的地。他们说："你好哇，科迪克！今年我们都是霍鲁斯其科了，我们可以在卢卡农的碎浪上跳火焰舞，还可以在嫩草上尽情玩耍。可你这身毛皮是哪儿来的？"

科迪克的毛皮几乎是纯白的，虽然他很引以为傲，但此刻他只是说："快游吧！连我的骨头都在想念陆地。"于是他们都回到了他们出生的海滩，听见他们的父辈依然在升腾的雾气中打斗。

那一晚，科迪克和同样一岁大的海豹们一同跳起了火焰舞。夏天的晚上，从诺瓦斯图夏纳到卢卡农，大海里到处都是火焰，每头海豹身后都会留下一条燃烧的油一般的尾迹。当他跳起来时，火光迸发，波浪便碎成了无数闪闪发光的条纹和漩涡。然后，他们上岸来到属于霍鲁斯其科的地盘，在刚长出野生小麦的地里肆意翻滚，诉说着从海上一路游来的所见所闻。他们谈论太平洋的样子，正如男孩子们探讨他们采坚果的小树林一样。要是有人能听懂他们的讲述，那么他回去以后便能绘出一幅从未有人知晓的大洋图。

一群三四岁的霍鲁斯其科一边从哈奇森山上蹦跳着下来，一边高喊道："让开，小家伙们！海水深得很，你们能懂得多少？等你们能绕过霍恩角再来显摆吧。喂，你这个一岁的小东西，这身白外套是从哪儿弄来的？"

"我没有从哪儿弄来它，"科迪克说，"它自己长的。"他正想推倒这个问话的家伙时，从沙丘后冒出了两个黑头发、扁红脸的人。科迪克在此之前还从来没见过人类，他咳嗽着低下了头。其他霍鲁斯其科匆匆挪到好几码之外，然后坐下来傻傻地看着。这两人正是岛上海豹猎手的首领科瑞克·鲍特林和他的儿子帕塔莱门，来自离海豹繁育场不足半英里的一个小村庄。这会儿他们正在考虑把哪些海豹赶往屠宰场(海豹可以和羊一样被赶着走），然后把他们变成海豹皮夹克。

"嚯！"帕塔莱门说，"看！有一头白海豹！"

科瑞克·鲍特林被油烟覆盖的脸几乎变白了——他是阿留申人，阿留申人总是脏兮兮的——然后他开始轻轻地祷告。

“别碰他，帕塔莱门。以前可从未有过白海豹——从我出生以来便是如此。或许这是老扎哈罗夫的鬼魂，去年他在一场大风暴中失踪了。”

“我不会靠近他的，”帕塔莱门说道，“他不吉利。你真觉得这是老扎哈罗夫回来了？我还欠他几只海鸥蛋呢。”

“别看他。”科瑞克说道，“去拦下那些四岁的海豹。工人们今天应该剥两百张海豹皮，不过这一季刚开始，他们都还是新手，一百张足够了。快去！”

帕塔莱门拿着一对海豹的肩胛骨，在一群霍鲁斯其科面前敲得咔咔响，海豹们呆住了，一动不动，呼呼地喘着气。然后帕塔莱门走近了些，海豹们才开始挪动。科瑞克把他们往内陆赶，他们也没有试着回到同伴那里。成千上万的海豹看着他们被赶走，却毫不在意、嬉戏如常。科迪克是唯一一头对此提出质疑的海豹，但没有一个同伴能告诉他些什么，只说每年中有六个星期到两个月，人类都会像这样把一些海豹赶走。

“我要跟上去看看。”科迪克说道。他拖着步子跟在被赶的海豹群后面，眼珠子差一点就要从脑袋上瞪出来了。

“白海豹跟在我们后面。”帕塔莱门嚷着，“这可是第一次有海豹自己要去屠宰场。”

“嘘！别往后看。”科瑞克说，“这就是扎哈罗夫的鬼魂！我一定要跟祭司汇报这件事。”

半英里之外就是屠宰场，但他们花了一个小时才到。因为科瑞克知道，如果海豹走得太快，他们的身体就会变热，在剥皮的时候，上面的毛就会一簇簇脱落。所以他们前进得很慢，途经海狮颈、韦伯斯特府，最后抵达了恰好超出海滩上海豹们视野的索特府。科迪克也跟了过来，气喘吁吁，满是疑惑。他以为自己已经到达了世界的尽头，但身后海豹繁育场传来的吼声如火车穿过隧道的轰鸣声一般震耳欲聋。

科瑞克坐在苔藓上，掏出一块沉甸甸的锡表，让海豹群凉快个三十分钟——科迪克能听到露水从他的帽檐上滴下来的声音。接着，有十来个男人走了过来，每个人手里都拿着一根三四英尺长的包着铁皮的棍子。科瑞克指着海豹群里一两头被同伴咬伤或是身上太热的海豹，这些穿着海象皮厚靴的男人们几脚就把那几头海豹踹到了一边。接着科瑞克又说：“干活了！”这些男人们就开始用手中的棍子尽可能快地砸起海豹的头来。

十分钟后，科迪克已无法认出他的小伙伴们，因为他们的皮已经从鼻子到后鳍肢被整个扒了下来，扔在地上堆成了一堆。

科迪克看不下去了，他转身一路狂奔（海豹能在短时间内急速奔跑）回到了海里，刚长出来的小胡子都被吓得竖了起来。在海狮颈，一群巨大的海狮坐在浪边，科迪克鳍肢朝上，一头扎进凉爽的海水里摇晃着身体，痛苦地喘着粗气。

“什么情况？”一头海狮粗声问道。对于海狮来说，他们都是只顾自己，一般不管闲事。

“斯库奇尼！奥钦斯库奇尼！（我很孤单，非常孤单！）”科迪克说，“他们正在把海滩上的所有霍鲁斯其科都杀掉！”

海狮把头扭向海岸。“一派胡言。”他说，“你的朋友们这会儿和以前一样吵得很呢。你肯定是看到老科瑞克干掉了一群海豹。他都这么干了三十年了。”

“太可怕了。”科迪克说。一个浪打过来，他倒划着水，鳍肢打了个转，稳稳地立在了离参差不齐的岩石边缘不到三英寸[①]的地方。

“你这一岁的小海豹倒真厉害！”海狮说，他拥有鉴赏

---

① 1英寸等于2.54厘米。

高超游泳技术的能力。“我想，对你来说，亲眼看到同类被杀肯定会觉得很可怕。但如果你们海豹年年来这儿，人类自然就会知道。除非你们能找到一个人类不会去的岛，否则你们总会被赶杀的。”

“有这样的岛吗？”科迪克问道。

“我跟着波尔图（大比目鱼）二十年了，也不敢说发现了这样的地方。但你瞧——你似乎很喜欢跟比你厉害的家伙聊天，要不你去海象岛，找西维奇谈谈，他可能知道些什么。别，可别马上出发，得游上六英里才能到。如果我是你，会先上岸打个盹，小家伙。”

科迪克觉得这是个好主意，于是他游回自己的海滩，爬上岸，睡了半小时——睡着的时候他会像其他海豹一样浑身抽搐。睡醒后，他径直前往海象岛。那是一个多岩石的低矮小岛，几乎位于诺瓦斯图夏纳的正东北方。岛上满是岩层和海鸥巢，海象群就在那儿独自栖息。

他在靠近老西维奇的地方上了岸。老西维奇又大又丑，身体臃肿，长满疙瘩。这么一头粗脖长牙的北太平洋海象，除了睡觉的时候以外，总是粗俗无礼。这会儿他正睡着，后鳍肢半淹在浪里。

“醒醒！”科迪克大声叫道，因为海鸥的声响特别大。

“哈！嗬！哼！是谁呀？”西维奇说着，用他的象牙拱了一下旁边的海象，被弄醒的海象又如此拱醒了下一头海象。就这样，所有的海象都醒了，他们东张西望，就是没往科迪克的方向看。

“你好！是我。”科迪克说着，在浪花中上下起伏——看上去像一个小小的白色鼻涕虫。

“噢！天哪——剥了我的皮吧！”西维奇说着，其他海象也纷纷看向科迪克，这场景就如一整个俱乐部里昏昏欲睡的老头们看向一个小男孩。科迪克此刻听不得任何关于剥皮的话，他刚才已经看够了剥皮的场面，于是他喊道：“有什么地方海豹能去，而人类永远不会去的？”

“你自己找去吧。”西维奇说着闭上了眼睛，“快走吧。我们可没闲工夫。”

科迪克在空中做出了他的海豚跳，并扯着嗓子喊道：“吃蛤蜊的！只配永远吃蛤蜊！”他很清楚，西维奇这辈子就没抓过一条鱼，只是用鼻子挖蛤蜊和海草吃——虽然他装出一副吓人的样子。很自然地，那些总想找机会撒野的北极鸥、三趾鸥和角嘴海雀当即应和了科迪克的喊声。然后——林默辛是这么告诉我的——差不多有五分钟，即使在岛上开火，你也听不到声音，因为岛上的所有居民都在尖叫呐喊：

“吃蛤蜊的家伙！斯达里克（老东西）！”与此同时，西维奇咕哝着，咳嗽着，身体滚来滚去。

“现在你可以说了吧？”科迪克喘着气说。

“去问海牛吧。”西维奇说，“要是他还活着，他能给你答案。”

“如果我碰上他，该怎么才能把他认出来？”科迪克转过身说。

“他是唯一比西维奇更丑的家伙。”一只北极鸥一边在西维奇的鼻子下转悠一边叫道，“更丑，还更粗鲁！斯达里克！”

科迪克游回了诺瓦斯图夏纳，身后是依然在叫嚣的海鸥。他发现，自己想尽一点微薄的力量，帮海豹们找个安静的地方，却没有一头海豹同情他。他们说人类一直都会驱赶霍鲁斯其科——这是他们工作的一部分。如果他看不下去这样丑陋的事情，就不该跟去屠宰场。但是除了科迪克外，没有哪头海豹目睹了屠杀，这导致了他和其他海豹的分歧。更何况，科迪克还是一头白海豹。

“你必须做的是，”老西卡其在听了儿子所经历的这些后，说道，“快快长大，长成跟你爸爸一样的大海豹，再在海滩上有一块繁殖地，人类就对你没兴趣了。再过五年，你就能为自己而战了。”即使是温柔的妈妈玛特卡也说：“你没有办法阻止杀戮。去海里玩吧，科迪克。”科迪克走开了，怀着一颗非常沉重的心跳起了火焰舞。

那年秋天，他尽早地离开了海滩，为着圆脑袋里的一个信念独自出发。他要去找海牛——如果海里真有这么个家伙的话——然后他要为海豹们找到一个没有人类光顾的安静岛屿，那里有着坚实又舒服的海滩可供栖息。于是，他独自沿着太平洋从北向南一路寻找，最多的时候一天一夜游了三百英里。他的奇遇多得数不清——他差一点被姥鲨、斑点鲨和锤头双髻鲨逮住；他遇到了所有在海洋里上下游荡的无赖，也遇到了那些身体笨重却彬彬有礼的鱼儿，还遇到了在同一个地方待了几百年，并非常引以为傲的红斑扇贝。但他就是没有遇到海牛，也没有找到他喜欢的岛屿。

如果海滩够严实够好，后面还有斜坡可供海豹们玩耍，那么地平线处便总是会有捕鲸船的黑烟，船上还熬着鲸脂，科迪克很清楚这意味着什么。有时候，他发现某个海岛上曾经有海豹造访，但后来又全被杀害。科迪克清楚，人类既然来过一次，就会来第二次。

他结识了一只短尾巴的老信天翁，这只信天翁告诉科迪克，凯尔盖朗岛有他想要的安宁生活。可是当科迪克赶到那儿时，恰好遇上了电闪雷鸣的雨夹雪天气，害他差点在极度凶险的黑色悬崖上摔得粉身碎骨。他好不容易顶住风暴打算离开，才发现这个岛上也有过海豹繁育场——他去过的所有岛屿都是这样的情况。

林默辛给出了一长串由海岛名字组成的清单，他说这是科迪克花了五个繁育季的时间苦苦寻来的。每年他在诺瓦斯图夏纳休息的时间只有四个月，在这期间，霍鲁斯其科们总是取笑他和他想象中的小岛。科迪克去了加拉帕戈斯群岛，那是一个赤道上非常干燥的地方，在那儿他差点被晒死；他去了乔治亚群岛、奥克尼群岛、埃默拉尔德岛、小夜莺岛、高夫岛、布韦岛、克罗塞特群岛，甚至去了好望角南部一个一丁点大的小岛，但是每个地方的海洋居民都对他说了一样的话：海豹很久之前来过，然后人类把他们杀光了。即使科迪克游出太平洋好几千英里，到了一个叫克利恩特角的地方（那是他从高夫岛往回游的时候），在一块岩石上发现了几百头患了疥癣的海豹，他们也告诉他人类来过了。

这些经历让科迪克伤心不已，他绕过霍恩角，准备回到自己的海滩去。在向北的途中，他登上了一座长满绿树的岛，发现了一头年岁很大、奄奄一息的海豹。科迪克抓鱼给他吃，还把自己所有的伤心事都告诉了他。

“现在，”科迪克说道，“我要回诺瓦斯图夏纳了。即使有一天我和其他霍鲁斯其科被一起赶往屠宰场，我也无所谓了。”

老海豹说：“再试一次吧。我是仅存的最后一头失落的马萨弗拉海豹家族的成员。当年人类来岛上大规模屠杀我们的时候，海滩上流传着这样一个故事：有朝一日，会有一头白海豹从北方来，带领海豹们去一个可以安宁度日的地方。我老了，等不到这一天了，但其他海豹可以。再试一次吧。”

科迪克卷起了他的胡须（那是很漂亮的胡须），说道：“我是海滩上唯一一头生来就是白色的海豹；我也是所有海豹中——无论黑白——唯一一头想要找寻新海岛的海豹。”

这让他很受鼓舞。那年夏天，当他回到诺瓦斯图夏纳，妈妈玛特卡希望他结婚安定下来。因为他已不再是一个霍鲁斯其科了，他成了一头真正的成年海豹，肩膀上长着卷曲的白色鬃毛，正如他父亲那样壮实、高大、凶悍。“再等一季吧，”他说，“妈妈，记得吗，第七波海浪总能在海滩上冲得最远。”

说来也巧，刚好也有一头母海豹想要延迟一年结婚。在出发去进行最后一次探险的前一天晚上，科迪克与这位姑娘一起跳火焰舞，在卢卡农海滩上从头跳到尾。

这一次，科迪克选择往西游，因为他发现了一大群大比目鱼的踪迹，而他每天至少要吃一百磅鱼才能保持好的体能和状态。他一直追着他们，追到累了，就把身子蜷起来，在库珀岛的浪花中酣睡。他对那里的海岸十分熟悉，所以到了半夜，当他被轻柔地冲上海草丛时，他说："嗯，今晚的潮水真厉害呀。"说完在水下翻了个身，慢慢睁开眼睛，伸了个懒腰，接着像猫一样跳了起来，因为他看到了浅水中一些庞大的身躯在到处嗅着，嚼食着海草厚实的边缘。

"我以麦哲伦的巨浪起誓！"科迪克胡须下的嘴巴低语道，"这大海深处的家伙是什么族类呀？"

他们不像科迪克以前见过的海象、海狮、海豹、北极熊、鲸、鲨、鱼、鱿鱼或是扇贝。他们的身体有二三十英尺长，没有后鳍肢，但有一条像是用湿皮革割成的铲子状的尾巴。他们的脑袋是你见过的最傻气的东西。当他们不吃草的时候，会用尾巴末端立在深水里，庄重地互相鞠躬，挥动着前鳍肢，看起来像个大胖子在挥舞手臂。

"嗯哼！"科迪克说，"打猎顺利吗，先生们？"这些庞然大物像青蛙仆人[①]那样用鞠躬和挥动鳍肢予以回答。当

①《爱丽丝梦游仙境》中的角色。

他们再次开始进食时，科迪克发现他们的上嘴唇是裂成两瓣的，因此他们能够把嘴张大到一英尺宽，再重新合上，吞进整整一蒲氏耳[①]的海草。他们把海草卷进嘴里，郑重其事地咀嚼起来。

“这种吃法真是太糟糕了。”科迪克说，他们还是鞠躬。科迪克开始有些不耐烦了。“很好，”他说道，“就算你们碰巧前鳍肢有个多余的关节，也没必要这么显摆吧。我知道你们鞠躬的动作很优美，但我总得知道你们的名字吧。”只见他们裂开的嘴唇动了动，抽了抽，亮绿色的眼珠子瞪视着，但就是一言不发。

“好吧！”科迪克说，“你们是我见过的唯一一群比西维奇还丑的居民——还更没礼貌。”

突然，他想起来一岁那年在海象岛上时，北极鸥尖声对他说的那番话。他在水里向后翻滚着，因为他知道，海牛终于被他找到了。

海牛依旧在海草丛中吮着，吃着，嚼着，科迪克用他在探险期间学会的各种语言向海牛发问——海洋里的语言种类多得几乎不亚于人类的语言——但海牛还是不回答，因为他

① 常用于农产品的英美制计量单位，换算标准随产地及品种而变化，一蒲式耳谷物若换算为千克，结果为一二十千克不等。

们根本就不会说话。海牛的脖子里只有六根骨头，原本应该有七根的。海底的居民们说，这让海牛们即使在同伴之间也不能用语言交流。但是，正如你知道的，海牛的前鳍肢里有一节额外的关节，因此通过上下挥动，他们创造出了一种笨拙的类似电报码的东西。

到了天亮的时候，科迪克的鬃毛还竖着，他的脾气也都去了死螃蟹会去的地方。然后海牛开始慢慢向北游，还时不时地停下来举行一些可笑的鞠躬会议。科迪克跟着他们，自言自语道："如果不是找到了足够安全的岛屿，像他们这种傻瓜肯定早就被杀光了。对海牛来说足够好的地方，对海豹来说也一定足够好。还是那句话，我希望他们能快点游。"

对科迪克来说，跟着海牛是件苦差事。海牛群每天最多前行四五十英里，晚上还要停下来进食，而且始终贴近海岸。无论科迪克是围着他们游，在他们上面游，还是在他们下面游，他就是没办法让这群海牛多游哪怕半英里。当他们游向更北的地方时，每隔几小时就要开一个鞠躬会，科迪克不耐烦到差点把自己的胡子咬掉——直到他发现他们跟上了一股温暖的洋流，他这才对这群海牛刮目相看。

一天晚上，他们沉入了闪闪发光的大海——像石头一般往下沉——然后，打科迪克结识这些海牛以来，头一回，他们居然开始加速了。科迪克紧跟着，海牛的速度令他无比震惊，他做梦也没想到海牛会是游泳能手。他们朝着海边的一个悬崖游去，这悬崖直插海水深处，在海下约二十英寻的地方，他们钻进了悬崖底部的一个黑洞里。这是一段很长很长的路，在他们带领科迪克游出那条黑暗的隧道前，科迪克迫切地想要呼吸上一口新鲜空气。

“天哪！”科迪克终于升到了隧道那头的水面上，喘着粗气说道，“这可真是一次漫长的潜水，但绝对值得。”

海牛们分散开来，在科迪克所见过的最棒的海滩上慵懒地吃起了海草。被海水磨光的岩石绵延几英里，刚好适宜打造海豹繁育场，岩石后面还有一片可以用来做游乐场的坚实沙地，斜斜地伸向内陆。卷浪可以任由海豹在其中起舞，长长的海草可以任海豹在其中随意翻滚，还有沙丘可以自由攀爬。最棒的是，科迪克凭借水感——从没有欺骗过一个真正的海中捕手的水感——得知，这里还没有被人类造访过。

接下来他做的第一件事，就是要确保这里的鱼足够好。于是他沿着海滩一路游，细数着美丽的薄雾里若隐若现的低矮沙岛。北面的出海口外是一排沙洲、浅滩和暗礁，阻止了一切船只进入海滩六英里范围之内的可能。在小岛群和陆地之间是一片深水，一直延伸到陡峭的崖边，而悬崖下的某个地方就是隧道的进出口。

“这儿就是第二个诺瓦斯图夏纳，但比它好上十倍。”科迪克说道，“海牛比我料想的聪明得多。即使有人类，他们也根本没法到悬崖下，临海的那些浅滩就能把他们的船撞得粉碎。如果海里有任何安全的地方，想必就是这儿了。”

科迪克开始想念那些留在家乡的海豹们了，但就算他急着返回诺瓦斯图夏纳，也还是先彻底勘探了一番这个新天地，这样他才能回答所有的疑问。

接着，他潜下了水，确认了隧道口，然后飞速通过隧道向南方游去。除了海牛和海豹，没有谁能想到会有这么个地方。当科迪克回头看向悬崖时，连他自己也不敢相信曾到过那下面。

尽管他游得不慢，但也花了六天才回到家。当他从海狮颈爬出水面的时候，第一眼看到的就是那头一直在等着他的母海豹，她从科迪克的眼睛里看得出，他最终找到了他的小岛。

但是，当科迪克把他的发现告诉大家时，霍鲁斯其科、他的爸爸西卡其，还有其他所有的海豹都嘲笑他。一头跟他年纪相仿的年轻海豹说：“你介绍的都不错，但科迪克，你不能从一个谁都不认识的地方跑来命令我们离开家乡。你别忘了，我们一直都忙着为我们的繁育场打架，你倒是还没做过这事——显然你更喜欢在海里四处瞎逛。”

其他的海豹一听，也都笑了起来。刚才说话的那头海豹左右转起了脑袋——他刚刚结婚，并且特别在意这件事。

“我没有需要为之打斗的繁育场。”科迪克说，“我只是想给大家分享一个能够获得安全的地方，要打斗干什么呢？”

“噢，如果你打算主动退出，我当然无话可说。”那头年轻海豹冷笑着说。

“如果我赢了，你会跟我一起走吗？”科迪克说着，一道绿光闪过他的眼睛，因为他对不得不打架这件事感到很生气。

“很好。”年轻海豹漫不经心地说，“你赢了，我就跟你去。”

他来不及改变主意了，因为科迪克的脑袋已经冲了过来，他的牙齿刺进了年轻海豹脖子上的赘肉里，他往后一蹲，拖着他的对手来到海滩，摇晃着他，再把他撞翻在地。接着，科迪克对着海豹们咆哮道：“这五个繁育季里，我为大家竭尽自己的所能才找到安全的岛。但除非把你们的脑袋从那傻脖子上拽下来，否则你们是不愿意相信我的。我要给你们点颜色看看了，都给我小心一点！”

林默辛告诉我，他一生中——林默辛每年都要见证上万头大海豹打斗——从未见过如科迪克这样冲撞繁育场的。他朝着他能看到的最大块头的海豹扑了过去，掐住了对方的脖子，让他无法呼吸，然后是一阵拳打脚踢，直到对方求饶，科迪克便把他扔到一边，继续打下一个。你瞧，科迪克从来不像其他大海豹那样每年禁食四个月，长期在深海游泳造就了他强健的体魄，但最重要的是，这是他第一次打架。他卷曲的白色鬃毛被气得竖了起来，两眼冒火，连犬牙都冒着火光，看上去英勇极了。

他的爸爸老西卡其看见他把灰色的老海豹们像大比目鱼一样拽来拽去，还把周围一圈的霍鲁斯其科都撞倒在地，便大声咆哮道：“他或许是个傻子，但他是全海滩最棒的斗士。可别打你爸爸，我的儿子！我跟你是一条船上的！”

科迪克吼了一声作为回答，老西卡其摇摇晃晃地走了过去，胡子根根竖起，如火车头般喷着鼻息。而妈妈玛特卡和要嫁给科迪克的姑娘则退到一旁，欣赏她们的伴侣。这是一场精彩的战斗，因为这两头海豹把其他海豹打到没有谁敢抬起头来，然后他们肩并肩吼叫着，大摇大摆地在海滩上走来走去。

夜晚，正当北极星在雾气中一闪一闪时，科迪克爬上了一块光秃秃的岩石，俯视着海滩上星星点点的海豹窝和那些受伤流血的海豹。“现在，”他说道，“我已经给了你们一个教训。”

“天哪！”老西卡其说，他伤势不轻，费劲地撑起自己的身体，“就算是虎鲸来了，也不可能让他们伤得更厉害了。儿子，我以你为傲，并且，我会跟你一起去你说的那个岛——如果真有那么一个地方的话。”

“你们都听着，你们这群海里的肥猪！有谁要跟我一起去海牛隧道吗？快回答，不然我会再给你们一个教训！”科迪克吼道。

海滩上一片低语，像是潮水的涟漪。“我们去。”几千头海豹用疲惫的声音说，“我们会跟着白海豹科迪克。”

然后，科迪克把脑袋缩进肩膀间，骄傲地闭上了眼睛。他不再是白海豹了——因为他从头到尾都是红色的。即便如此，他也不屑于触碰自己的伤口，哪怕只是看上一眼。

一个星期之后，他和他的军队（将近一万头霍鲁斯其科和老海豹）向北出发，科迪克带领着他们前往海牛隧道，而那些留在诺瓦斯图夏纳的海豹则称他们为白痴。但到了第二年春天，当所有海豹在太平洋的渔区相遇时，跟着科迪克的海豹们讲述着一个又一个关于海牛隧道那头的新海滩的故事，于是，越来越多的海豹离开了诺瓦斯图夏纳。

当然，迁徙并不是一蹴而就的事，因为海豹们需要很长一段时间在脑袋里好好琢磨。但是，随着一年年过去，越来越多的海豹离开了诺瓦斯图夏纳、卢卡农和其他繁育场，前往那个安静的、隐蔽的海滩。科迪克每年都坐在那儿度过一整个夏天，他越来越大，越来越胖，也越来越强壮，霍鲁斯其科们围着他嬉闹，在那片没有人类打扰的海域。

## 卢卡农之歌

这是一首伟大的深海之歌，每年夏天，所有圣保罗岛的海豹返回他们的海滩时都会唱这首歌。这是一首伤感的海豹族的国歌。

早上，我遇到了我的伙伴们（唉，但我已经老了！），
翻涌的夏日浪潮在崖边咆哮，
我听到他们的合唱压过了海浪的歌声——
那是卢卡农海滩——两百万个声音震天撼地！

歌唱盐水湖边的安乐小窝，
歌唱沙丘上喷着鼻息缓缓前行的队伍，
歌唱将海洋搅得火热的午夜舞会——
那是卢卡农海滩——在海豹猎人到来之前！

早上，我遇到了我的伙伴们（我将再也遇不到他们！），
他们成群结队地来来往往，黑压压地遍布整个海滩。
我们欢呼高歌，庆祝他们登上沙滩，
响亮的歌声穿过泛着泡沫的海湾。

那是卢卡农海滩——冬季的麦子已长得很高。
湿漉漉的苔藓打着卷儿，海雾浸润了一切！
游乐场的平台之上，一切都熠熠生辉，光滑锃亮！
那是卢卡农海滩——我们出生的地方！

早上，我遇到了我的伙伴们——他们遍体鳞伤、支离破碎。
人类在水中射杀我们，在地面上棍击我们；
人类把我们赶到索特府，一如他们驱赶愚蠢而驯服的羊，
我们依旧唱着卢卡农之歌——在海豹猎人到来之前。

往南方去吧，往南方去吧。
噢，向着古维鲁斯卡出发！
把我们的不幸遭遇告诉深海的总督察；
噢，海滩似被暴风雨抛上岸的鲨鱼卵般空空如也，
卢卡农的海滩将再也见不到海豹的子孙！

“红眼睛”钻进了那个洞，

他呼唤着“皱皮肤”。

来听听小红眼睛怎么说：

“纳格，出来和死亡共舞吧！”

眼对眼，头对头，

　　（跟着拍子，纳格。）

这支舞只会随着舞者之一的死亡而终结，

　　（由你决定，纳格。）

转来转去，扭来扭去——

　　（快跑，然后藏起来，纳格。）

哈！带兜帽的死神失了手！

　　（灾难将至，纳格！）

# “里基 · 蒂基 · 塔维”

这个故事讲述的是，在西沟里兵营的一幢大平房的浴室里，里基 · 蒂基 · 塔维凭借一己之力主导的一场伟大战役。一只叫达奇的缝叶莺助了他一臂之力；从来都只敢沿着墙边爬，不敢走在地板中央的麝鼠楚楚德给他出了主意，但真正战斗的是里基 · 蒂基。

他是只猫鼬，从毛皮和尾巴上看都像只小猫，但论面容和习性，更像黄鼠狼。他的眼睛和不安分的鼻尖都是粉色的，他能随心所欲地用任意一条腿挠到身上任意一个部位，还能让自己的尾巴蓬松得像把瓶刷。他穿过长长的草丛一路飞奔时，战斗口号往往是：“里基 · 蒂基 · 蒂基 · 蒂基 · 奇克！”

一天，一场盛夏的洪水把里基 · 蒂基从和父母共同居住的地洞里冲了出来，他踢着腿，咯咯直叫。洪水把他冲进了路边的水沟里，他发现有一小撮草浮在水面上，便紧紧拽住草，直到没了知觉。当他恢复意识的时候，发现自己正躺在一条花园小径中央的烈日下，浑身又湿又脏。一个小男孩说："这儿有只死了的猫鼬，我们给他举办一场葬礼吧。"

"不，"妈妈说，"还是让我们先把他带进屋子弄弄干，兴许他还活着呢。"

于是，母子俩把他带进了屋，一个大块头男人用拇指和食指把他夹了起来，说他没死，只是呛住了。他们用棉絮把他裹起来，让他暖暖身子，终于，里基·蒂基睁开眼睛，打了个喷嚏。

"现在，"大块头男人说（他是个刚搬进这座房子的英国人），"别吓到他，让我们看看他会怎么办。"

吓到一只猫鼬是世上最难的事了，因为他从鼻子到尾巴都是好奇的细胞。猫鼬一族的座右铭是"跑去看个究竟"，里基·蒂基就是这样一个十足的好奇宝宝。他看着棉絮，觉得这一定不是什么好吃的，于是他满桌子地跑，又坐好整理自己的毛皮，挠了挠痒，然后跳上了小男孩的肩膀。

"别害怕，泰迪，"他的爸爸说道，"这正是他交朋友的方式。"

“哎哟！他在挠我下巴，好痒。”泰迪说。

里基·蒂基低头看了看男孩的领子和脖子间，又嗅了嗅他的耳朵，然后爬到了地上，坐着揉鼻子。

“天哪，”泰迪的妈妈说，“这是野生的猫鼬！我想，他之所以这么温顺，都是因为我们对他表现出了友好。”

“猫鼬都这样。”她的丈夫说道，“只要泰迪不捏着他的尾巴把他提起来，或者试图把他放进笼子里，他会整天在屋里屋外进进出出。让我们找些东西给他吃吧。”

他们给了他一小块生肉，这可把里基·蒂基乐坏了。吃完后，他出门来到走廊，坐在阳光下抖开毛皮，让它能完全晾干。然后，他感觉舒服多了。

“这屋子里还有很多东西有待发现，”他自言自语道，“这可比我们三只猫鼬一辈子能发现的东西都要多。显然，我应该住下来好好发掘。”

整个白天，里基·蒂基都在屋子里转悠。他差点把自己淹死在浴缸里，还把鼻子伸进了写字桌上的墨水瓶里，又因为想看看写字是怎么回事而爬上了大块头男人的大腿，结果被雪茄烟头烫到了鼻子。夜幕降临，他跑到泰迪的儿童房，去瞧煤油灯是怎么被点燃的。当泰迪上床睡觉时，里基·蒂基也爬了上去。但他是个不安分的伙伴，因为整个晚上只要稍有声响，他就会爬起来看个究竟。泰迪的爸爸妈妈进了房间，在睡前最后看看他们的宝贝，里基·蒂基就在枕头上瞪着眼。

“我不喜欢这样。”泰迪的妈妈说道，“他可能会咬我们的宝贝。”

“他不会那样做的。”泰迪的爸爸说，“泰迪和这个小家伙在一起，比一只大猎犬看着他还安全呢。假如现在有条蛇进了儿童房——”

但泰迪的妈妈不愿意去想这么可怕的事。

一大早，里基·蒂基就坐在泰迪的肩上，他们来到走廊吃早餐。这家人给了他一些香蕉和煮蛋，而他轮流坐在他们的大腿上，因为每一只有教养的猫鼬都希望有朝一日能被家养，可以在屋子里跑来跑去。里基·蒂基的妈妈（她过去住在西沟里兵营的将军府）详细地跟他介绍了万一遇到白人该怎么与之相处。

然后，里基·蒂基走出屋子进了花园，想去看看有什么好玩的。这是一个很大的花园，只有一半种了植物，有一丛丛如凉亭一般高的尼尔元帅玫瑰、酸橘树、橙子树和一簇簇竹林，还有一片高高的草丛。里基·蒂基舔了舔嘴巴，说道：“这真是个打猎的好地方。”说完，他把尾巴变成了瓶刷的样子，在花园里疾步乱窜，闻来闻去，直到听见荆棘丛里传来一阵阵伤心欲绝的声音。

原来是缝叶莺达奇和他的妻子。他们原本用纤维把两片大叶子缝合在一起，做成了一个漂亮的鸟巢，还在鸟巢中间铺满了棉絮和柔软的绒毛。现在这个鸟巢却在前后摇摆，而他们夫妻俩坐在巢边哭泣。

“怎么了？”里基·蒂基问道。

“我们真是不幸，”达奇说道，“我们的一个孩子昨天从窝里掉出来，被纳格吃了。”

“嗯！”里基·蒂基说道，“这确实是很不幸的事，但原谅我对这儿还很陌生。谁是纳格？”

达奇和他的妻子并没有作答，只是把身体蜷缩在鸟巢中，因为荆棘底部浓密的草丛里传来了很轻的咝咝声——这冰冷可怕的声音把里基·蒂基吓得往后跳了两英尺。然后，一个硕大的黑色眼镜蛇的脑袋，以及张开的兜帽似的颈部慢慢从草丛里升了起来——他从舌头到尾巴足足有五英尺长。他把自己三分之一的身体抬离了地面，前后晃动着以保持平衡，就如风中的蒲公英。他用蛇类邪恶的目光看着里基·蒂基——蛇的表情从来都不会变，无论他们脑子里想的是什么。

“谁是纳格？”他说道，“我就是纳格。当第一条眼镜蛇展开他的兜帽，在伟大的梵天[①]睡觉时为他遮挡太阳以来，梵天就在我们家族的所有成员身上做了标记。看，怕了吧！”

说着，纳格更起劲儿地鼓起他的兜帽，他背部的眼镜印记在里基·蒂基看来颇似钩眼扣[②]的眼部。里基·蒂基一时间被吓到了，但任何一只猫鼬都不会让恐惧肆意发酵。虽然里基·蒂基在此之前还从没有见过活的眼镜蛇，但他的妈妈

---

① 印度教主神之一。

② 钩眼扣通常固定在衣服的腰带上，它由一个叫作“眼”的小金属桥和一个叫作“钩”的扁平曲线形金属片组成。服装通过“钩眼”闭合，由此产生的张力使腰带保持闭合。

喂他吃过死的眼镜蛇。他知道，所有成年猫鼬的终身事业便是跟蛇战斗，并且吃掉他们。纳格当然也知道这些，他冰冷的内心深处其实很害怕。

“好吧，”里基·蒂基说，把他的尾巴又蓬了起来，“不管有没有神给你做的标记，你觉得你吃了掉出鸟窝的雏鸟是对的吗？”

纳格正在暗自盘算着，同时注视着里基·蒂基身后草丛里最微小的动静。他知道花园里有猫鼬在，他们一家迟早都会被吃掉。他想让里基·蒂基放松警惕，于是微微低下头，并转向一边。

“让我们谈谈吧，”他说，“你吃蛋，我为什么不能吃鸟呢？”

“小心身后！看你后面！”达奇啼叫道。

里基·蒂基当然知道，没有时间可以浪费在“看后面”上。他用尽全力跳向空中，纳格狡诈的妻子纳吉娜的脑袋刚好从他身下“嗖”地蹿过。她原本趁着里基·蒂基说话时偷偷溜到了他身后，打算了结了他。这会儿里基·蒂基听到了她失败后暴怒的嗞嗞声——他下落时差一点越过她的背。如果他更年长，他就会知道，这是一口咬断蛇背的好时机，但里基·蒂基害怕眼镜蛇鞭子般的可怕反击——他确实咬了一下，但咬得不够久。而后他一跃而起，躲开了纳吉娜横扫过来的尾巴，只留下受伤的纳吉娜大发雷霆。

“可恶的、讨厌的达奇！”纳格一边说，一边用尾巴全力往高处鞭打，试图碰到荆棘丛里的鸟窝。然而鸟窝被达奇建在了蛇够不到的地方，所以它不过前后摇晃了几下。

里基·蒂基感觉自己的眼睛在变红发热（当一只猫鼬的眼睛变红时，就表示他生气了），他像袋鼠那样坐在自己的尾巴和后腿上，环视着四周，气得嘴里喳喳叫个不停——但纳格和纳吉娜早已消失在草丛中。当蛇一旦失手，他不会多说一个字，也不会给出任何有关下一步行动的线索。里基·蒂基对自己同时对付两条蛇并没有什么把握，因此就没有继续追赶。他小跑到房子附近的砾石小路上，坐下来开始认真思考。对于他来说，这可是件非同小可的事。

如果你读过那些古老的自然历史书，你会看到上面说，当猫鼬和蛇斗起来时，如果碰巧被咬伤，他就会跑去吃一些能够疗伤的草药。这其实是一派胡言。胜利只在于眼疾脚快——蛇的一击对抗猫鼬的一跃——当蛇头出击时，没有谁的眼睛能跟上他的动作，这可让事情比什么疗伤草药奇妙多了。里基·蒂基知道，自己还只是一只年轻的猫鼬，这让他想起自己能躲开来自身后的进攻时更加得意——这件事也给了他信心。当泰迪沿着小路奔来时，里基·蒂基正等着享受他的爱抚。

但正当泰迪要俯下身子时，有什么东西在尘土里微微蠕动了一下，一个细小的声音说道："小心了，我是死神！"原来是卡莱特，一种喜爱生活在泥土里的棕色小蛇，满身尘土。他的毒性和眼镜蛇一样，但他是那么小，以至于没人会注意到他，所以他往往给人类带去更多的伤害。

里基·蒂基的眼睛再一次变红了，他踏着家族传承的奇特摇摆舞步奔向卡莱特。这种步法看起来非常滑稽，却能很好地掌控平衡，无论从哪个角度都便于猫鼬一跃而起——跟蛇较量的时候，这可是个有利条件。可惜里基·蒂基不知道，他这会儿要对付的家伙可比纳格凶险得多。因为卡莱特体形特别小，并且转身特别迅速，除非他能够在靠近卡莱特脑袋后部的地方咬上一口，否则他的眼睛或嘴唇就会遭到卡莱特的反击。但里基·蒂基不明白这些——他的眼睛全部变红了，他前后摇晃着，正在寻找合适的部位下口。卡莱特出击了，里基·蒂基跳到一边试图与他短兵相接，但这可恶的、小小的、满是尘土的灰色脑袋突然一甩，差点就弄伤了里基·蒂基的肩膀，他不得不跃过了蛇身，但卡莱特还在穷追不舍。

泰迪对着屋子大叫："噢，看这儿！我们的猫鼬在杀一条蛇呢。”接着里基·蒂基听到泰迪的妈妈发出一声尖叫。泰迪的爸爸拿着一根棍子冲了出来，但当他赶到时，卡莱特冲过了头，里基·蒂基一个猛冲跳到了蛇背上，在前腿间低下头，在他能够到的卡莱特背部最高的地方咬了一口，然后滚到了一边，这一口正中要害。里基·蒂基正准备按照家族用餐习惯把蛇从尾巴开始吃掉，却突然想起饱餐一顿会让猫鼬变得行动缓慢，如果想要时刻保证完美的力量和敏捷度，他就得让自己保持苗条。

他来到蓖麻丛下享受尘土浴，此时泰迪的爸爸还在击打死了的卡莱特。“那有什么意义呢？”里基·蒂基心想，“我刚才已经把事情都解决了。”随后泰迪的妈妈把里基·蒂基从土里抱了出来，嘴里喊着是里基·蒂基救了她儿子的命，泰迪的爸爸则说这是天意，而泰迪瞪大了惊恐的眼睛在一旁看着。里基·蒂基觉得他们的大惊小怪很好笑，这显然不在他能理解的范畴内。泰迪的妈妈兴许也会因为泰迪在土里玩而充满温情地抚摸他，毕竟里基·蒂基这会儿玩得很高兴。

那天晚餐时，里基·蒂基在餐桌上的酒杯间来回游走。他本可以用美食把自己塞到撑，但他想起了纳格和纳吉娜。虽然他非常乐意被泰迪的妈妈爱抚，也很喜欢坐在泰迪的肩上，但他的眼睛还是时不时地变红，然后嘴里喊出那串长长的战斗宣言："里基·蒂基·蒂基·蒂基·奇克！"

泰迪带着他上了床，他坚持里基·蒂基得睡在他下巴底下。里基·蒂基很有教养，他从不咬人或抓人，但泰迪一睡着，他就出门到屋子周围进行夜间巡逻去了。在黑暗中，他撞上了正沿着墙蹑手蹑脚爬行的麝鼠楚楚德。楚楚德是只心碎的小兽，他整晚都在啜泣，不停地爬着，试图下定决心跑去房间的中央，却从没有办到过。

"不要杀我，"楚楚德差不多是哭着说，"里基·蒂基，别杀我。"

"你觉得一个杀蛇的家伙会想要麝鼠的命？"里基·蒂基轻蔑地说。

"那些杀蛇的会被蛇杀了的。"楚楚德说，他更伤心了，"而且，我怎么能确定纳格在那黑灯瞎火的晚上，不会把我错看成你？"

"没有这种危险。"里基·蒂基说道，"纳格在花园，而我知道你不去那儿。"

"我的堂兄，老鼠楚阿，告诉我——"楚楚德说到一半打住了。

"告诉了你什么？"

“嘘！纳格无处不在。里基·蒂基，你本该去找花园里的楚阿聊聊。”

“我没去——所以你必须现在告诉我。快点儿，楚楚德，不然我就咬你了！”

楚楚德坐了下来，哭得眼泪直从胡须上滚落。“我是个可怜的家伙。”他抽噎着说，“我从来没有勇气跑到房间的中央。嘘！我不能告诉你任何事。你听见了吗，里基·蒂基？”

里基·蒂基留神听着，屋子里一片寂静，但是他觉得他捕捉到了世界上最微弱的刮擦声——声音轻得好比黄蜂在窗玻璃上爬——正是蛇的鳞片蹭到砖墙上的干涩刮擦声。

“准是纳格或纳吉娜，”他自言自语，“并且正在往卫生间的水槽里爬。你是对的，楚楚德，我该去跟楚阿聊聊。”

他悄悄溜进泰迪的卫生间，但没发现什么。他又去了泰迪妈妈的卫生间，就在光滑的石膏墙底部，有一块砖被拿掉了，现在那里装了洗澡水的下水槽。当里基·蒂基偷偷溜到放澡盆的石槽旁时，他听到纳格和纳吉娜正在屋外的月光下窃窃私语。

“等屋子没人住的时候，”纳吉娜对她的丈夫说，“他就不得不离开，到时候花园就又是我们的天下了。进屋时小声点，记住，先咬那个杀死卡莱特的大块头男人，然后出来叫上我，我们一起去抓里基・蒂基。”

“但你真的确定杀害人类会对我们有好处吗？”纳格问道。

“好处无所不在。以前平房没人住的时候，我们在花园里会遇到猫鼬吗？只要人走了，平房空了，我们就是花园的国王与王后。别忘了，等我们瓜地里的蛋孵出来后（可能明天就会孵出来），我们的孩子需要安静的成长空间。”

“我倒是没想过这些，”纳格说道，“我这就去，但之后没必要再去抓里基・蒂基。我会杀了那个大块头男人和他老婆，如果可以的话，还有他们的孩子，然后我就静悄悄地回来。平房没人住了，里基・蒂基自然就走了。”

里基・蒂基听着，气得浑身刺痛，恨得咬牙切齿。接着，纳格的脑袋从下水槽里探了出来，然后是他五英尺长的冰冷身躯。尽管里基・蒂基很生气，但亲眼看到这么大的一条眼镜蛇还是把他吓坏了。纳格把自己的身子盘了起来，抬起头，仔细打量着黑暗中的卫生间，里基・蒂基能看到他闪着光亮的眼睛。

“如果我现在杀了他，就等于通知了纳吉娜；如果我在空旷的地面上和他打斗，就会对他有利。我到底该怎么办呢？”里基・蒂基心想。

纳格前后摆动着，然后里基·蒂基听到他在喝往浴缸里加水的大水罐里的水。“不错，”纳格说道，“卡莱特被杀的时候，大块头男人手里拿着棍子。可能他现在还有那根棍子，但早上来洗澡的时候，他不会拿着棍子。我就在这儿等他来。纳吉娜——听得到我说话吗？我就在这儿找个凉快地方等着，等到天亮。”

外面并没有回应的声音传来，里基·蒂基知道，纳吉娜已经走开了。纳格绕着大水罐底部的大肚子把自己一圈圈地盘起来，里基·蒂基则一动不动，像死了似的。一小时后，里基·蒂基开始移动，一步一步靠近水罐。纳格睡着了，里基·蒂基看着他宽大的后背，想着一招制敌的最佳位置。

“如果我第一次进攻没能咬断他的背，”里基·蒂基说道，“他就还会反抗。如果他反抗——哦，里基！”他看了看纳格的兜帽下颈部的厚度，对他来说那儿太厚了；但如果咬在靠尾巴的地方，只会让纳格变得更狂野。

“那就只能是头部，”他最终做了决定，“兜帽前的头部。一旦咬住，我绝不松口。”

然后他纵身一跳。纳格的头部离水罐很近，就在水罐弯曲处下方。当里基·蒂基的牙咬住目标时，他的背紧贴住了红色陶器的凸起处，以压制住蛇头。这为他赢得了一秒钟，而他最大程度地利用了这一秒。然后他被来回甩打，就像一只被狗甩来甩去的老鼠——在地板上前前后后，上上下下，转了一圈又一圈。此刻他的眼睛全都变红了，他死死地咬住不松口，蛇身在地板上像赶马车的鞭子般甩打，掀翻了锡勺、肥皂盒和洗澡刷，还撞到了澡盆的锡边。里基·蒂基确信自己最后会被撞死，但为了家族荣誉，他希望死后被发现时，自己的尸体也依然没有松口，因此他死命地咬着，越咬越紧。他头晕目眩，浑身疼痛，当身后突然发出雷鸣般的巨响时，里基·蒂基只觉得自己被震得粉身碎骨。一阵热浪袭来，他没了知觉，烈焰烧焦了他的皮。原来是大块头男人被卫生间的声响吵醒了，他拿起双管猎枪，对着纳格的兜帽后部开了火。

里基·蒂基闭着眼睛，依然紧咬不放，此刻他相信自己肯定是死了。蛇头没有动弹，大块头男人抱起了里基·蒂基说道："又是猫鼬，爱丽丝，小家伙这次救了我们全家的命。"接着泰迪的妈妈一脸苍白地进来，看到了纳格的尸体。里基·蒂基拖着身躯回到泰迪的房间，剩下的夜晚里，有一半的时间他都在轻轻地摇晃自己的身体，来确认他是不是像自己以为的那样碎成了四十块。

早晨，里基·蒂基觉得自己浑身都僵掉了，但他还是对自己做成的事非常满意。“现在还剩下纳吉娜需要对付，她可比五个纳格还要难搞定，也不知道她说的蛇蛋什么时候孵出来。天哪！我必须得去找达奇。”他说道。

里基·蒂基都没顾得上吃早饭就跑去了荆棘丛，达奇正在那儿提着嗓子为胜利高歌。纳格死了的消息已经传遍了整个花园——因为清洁工把他的尸体扔在了垃圾堆上。

“啊，你这个一堆羽毛的蠢货！”里基·蒂基气呼呼地说道，“难道现在是唱歌庆祝的时候吗？”

“纳格死了——死掉了——天下太平了！”达奇继续高歌，“英勇的里基·蒂基咬住了他的头，死咬住不放。大块头男人拿来了会砰砰响的棍子，把纳格变成了两段！他再也不能吃掉我的宝宝了！”

“确实如此，但纳吉娜溜到哪儿去了？”里基·蒂基仔细打量着四周。

“纳吉娜去卫生间的下水槽找纳格。”达奇继续唱，“纳格被棍子挑着弄出来了——清洁工把他用棍子挑起来，扔到垃圾堆上。让我们歌颂伟大的、红眼睛的里基·蒂基！”达奇放声歌唱。

“如果我能爬上你的鸟窝，我会让你的宝宝们都滚出来！”里基·蒂基气呼呼地说，“你根本不知道什么时候该做什么事！你住在高处的鸟窝里倒是很安全，但我在下面还有一场仗要打。行行好，别再唱了，达奇！”

“为了伟大的、帅气的里基・蒂基，我就遵命不唱了。”达奇说道，“请问有何指示？啊，杀死可怕纳格的大英雄！”

“纳吉娜在哪儿？我都第三次问你了！”

“就在牛棚旁的垃圾堆上，她正为纳格哀悼呢，长着白牙的英雄里基・蒂基。”

“别关心我的白牙了！你是否听说过她藏蛋的位置？”

“在最靠近围墙的那片瓜田里，太阳几乎从早晒到晚。几个星期前她就把蛋放那儿了。”

“你之前怎么都没想过要告诉我？你是说就在最靠近围墙的那边？”

“里基・蒂基，你该不会是要吃掉她的蛋吧？”

“确切地说，不是吃掉。达奇，你要是有点脑子，就该飞到牛棚那儿去，假装翅膀断了，骗纳吉娜追着你到荆棘丛这儿来。我得去瓜田那儿，但如果这会儿就去，会被纳吉娜看见的。”

达奇是只糊涂的小鸟，他的脑瓜里装不下太多东西。他知道纳吉娜的孩子和他的孩子一样是从蛋里孵出来的，便认为杀了这些蛋里的孩子是不对的。但达奇的老婆是只聪明的小鸟，她知道这些蛇蛋意味着日后的小眼镜蛇。于是她飞离鸟巢，让达奇留下给孩子们保暖，继续歌颂纳格的死。达奇在有些方面的确像个人类。

达奇的老婆在垃圾堆旁的纳吉娜面前扑腾，嚷嚷着：“我的翅膀断了！这房子里的小男孩用石头打我，把我的翅膀弄断了。”然后她更加绝望地扑着翅膀。

纳吉娜抬起头，发出咝咝声：“当初要不是你提醒里基·蒂基，我早就把他给杀了。说实话，你可挑了个坏地方弄断翅膀。”说着，她穿过尘土滑向达奇的妻子。

“是那个男孩用石头把我的翅膀弄断的！”达奇的老婆尖叫道。

“好吧！在你死之前让我告诉你，我要去找那个男孩算账，或许也算是让你有点安慰。我丈夫今早躺在垃圾堆上，但今天入夜之前，那屋子里的男孩也会一动不动地倒下来。逃有什么用？我抓你根本不费吹灰之力，你这愚蠢的家伙。看着我！”

达奇的老婆当然知道不能按她的话做，一只鸟一旦看向蛇的眼睛，就会被吓得动弹不得。达奇的老婆继续扑腾翅膀，扯着嗓子哀痛地啼叫着，一直没有离开过地面，纳吉娜加快了速度。

里基·蒂基听见她们离开牛棚朝小路上去了，便迅速冲向围墙附近的瓜田尽头。在那儿，他找到了二十五只被巧妙地藏在甜瓜周围温暖的草坑里的蛇蛋，大小犹如矮脚鸡的蛋。只是蛋的表面不是壳，而是一层白乎乎的皮。

“我来得正巧。”他说道，因为他能看见眼镜蛇宝宝就蜷缩在这层白乎乎的皮里，并且他很清楚，一旦他们被孵化出来，每一条都能杀死一个人或者一只猫鼬。他尽可能快地咬掉了蛇蛋的顶端，小心翼翼地把里面的小蛇都碾碎，还时不时地翻翻草坑，确保没有漏网的蛇蛋。最后只剩下三颗蛋了，里基·蒂基咯咯地笑了起来。这时，他听到达奇的老婆发出的尖叫声。

“里基·蒂基，我把纳吉娜朝房子这儿引过来了！她已经进了走廊——噢，你快来！她要杀人了！”

里基·蒂基砸碎了两颗蛋，然后把最后一只叼在嘴里，接着一个后滚翻便离开了瓜地，匆匆赶往走廊。泰迪和他的父母通常会在那儿吃早餐，但里基·蒂基看见他们这会儿没有在吃任何东西，而是坐在那儿一动不动，脸色苍白。纳吉娜盘着身子坐在泰迪椅子旁的垫子上，在那儿她能轻而易举地袭击泰迪光溜溜的大腿。她正前后摇晃着身子，唱着胜利的战歌。

“你的爸爸杀了我的纳格，”她咝咝地说，“别动，待我准备就绪。稍等，千万别动，你们三个都别动。你们一动，我就进攻，你们不动，我还是会进攻。噢，你们这些愚蠢的人类，竟敢杀死我的纳格！”

泰迪的目光聚焦在爸爸身上，此时爸爸能做的只有低声说：“坐着别动，泰迪，千万别动。泰迪，坚持住。”

然后里基·蒂基出现了，他大喊着：“回头，纳吉娜，转身来跟我干一仗！”

“我会的，不急。”纳吉娜说着，却并没有移动她的目光，“我迟早是要跟你算账的。看看你的朋友们，里基·蒂基。他们一动不动，面色惨白，他们怕得要命，一动也不敢动。只要你敢前进一步，我就发动进攻。”

“还是看看你的蛋吧。”里基·蒂基说道，“围墙附近的瓜田，去看看吧，纳吉娜。”

这条大蛇转过了半个身子，便看见了走廊上的那颗蛋。“啊！把蛋还给我！”她咝咝地说道。

里基·蒂基用两个爪子夹着蛇蛋的两边，眼睛血红：“为了这颗蛇蛋，你准备付出什么代价？为了一条小眼镜蛇？为了一条小眼镜王蛇？为了你最后的血脉？要知道，蚂蚁们正吃着瓜田里剩下的蛋呢。”

纳吉娜把身子完全转了过来，为了这颗蛋，她把其他一切都抛在脑后了。里基·蒂基看见泰迪的爸爸迅速伸出一只大手抓住泰迪的肩膀，把他拽过放茶杯的小桌子，离开了纳吉娜的攻击范围。

“上当啦！被骗啦！上当啦！里基·奇克·奇克！”里基·蒂基咯咯地笑，“男孩安全了，是我！是我！是我昨天晚上在卫生间抓住了纳格的兜帽。”然后他开始上蹿下跳，手脚并用，头贴着地，“他把我甩来甩去，但就是甩不掉我。在大块头男人开枪把他一轰为二前他就死了。是我把他杀死的。里基·蒂基·奇克·奇克！来吧，纳吉娜。来和我一决高下。你不会在这世上当太久寡妇了。”

纳吉娜见自己错过了杀死泰迪的机会，又看着她的蛋被里基的爪子夹着，只好妥协道：“把蛋还给我，里基·蒂基。把最后这颗蛋还给我，我会离开这儿，再也不回来。”她一边说一边收起了兜帽。

“是的，你得滚得远远的，永远也不会回来，因为你得去垃圾堆跟纳格会合。来吧，跟我决斗！大块头男人已经去拿他的枪了！快来跟我决一死战！”

里基·蒂基在纳吉娜的进攻范围之外跳来跳去，他的眼珠子如同烧红的炭火。纳吉娜把身体聚拢，向里基·蒂基猛扑过去，里基·蒂基一跃而退。纳吉娜一次次发动猛攻，每次都把头重重地撞在走廊的草席上，然后又像个钟表弹簧一样弹回去，身体又聚拢到一起。里基·蒂基绕着圈跳舞，试图绕到纳吉娜的身后，而纳吉娜也一起转着，她的头始终对着里基·蒂基的头，她的尾巴在草垫上沙沙作响，声音如同被风吹动的干树叶。

然而，里基·蒂基把蛋给忘了，那颗蛋仍然躺在走廊上，纳吉娜正在靠近它。最后，趁着里基·蒂基喘气的功夫，她用嘴衔住了蛋逃到走廊台阶处，如离弦的箭般冲到了小路上，把里基·蒂基甩在身后。当眼镜蛇逃命时，他们会像背上挨了鞭子的马一样飞奔。

里基·蒂基知道自己必须抓住她，否则还会有麻烦。纳吉娜径直冲向荆棘丛旁的高草丛，里基·蒂基在紧追纳吉娜时，听到达奇还在唱那首愚蠢的胜利歌。但达奇的老婆要机灵些，当纳吉娜出现的时候，她飞出鸟窝，用翅膀不停拍打纳吉娜的头——如果当时达奇也来帮忙的话，他们就能把她掀翻。可惜，达奇老婆的拍打只是让纳吉娜收起了兜帽继续逃命。不过，这一瞬的耽搁还是让里基·蒂基追上了纳吉娜。正当她要钻进她和纳格过去住的老鼠洞时，里基的白牙咬住了她的尾巴，于是他们一起进了洞——很少有猫鼬会这么做。即使是很聪明、很有经验的猫鼬，在跟着眼镜蛇进洞这事上也会很谨慎。洞里黑漆漆的，里基·蒂基完全不知道何时会出现开阔的地方，能有空间让纳吉娜转身进攻他。他只能死死咬住，在又热又湿的土坡上伸出脚爪当作刹车。

接着，洞口的草不动了，达奇说道："里基·蒂基准是牺牲了，我们得为他唱挽歌。英勇的里基·蒂基死了！因为纳吉娜必定会在地下杀掉他。"

于是，他唱起了一首非常悲痛的歌——是他当下现编的。就在他唱到最动情的部分时，洞口的草又抖动起来，满身尘土的里基·蒂基拖着身体一步步挪出洞口，舔着自己的胡须。达奇惊叫一声，停止了歌唱。里基·蒂基抖了抖毛皮上的尘土，打了个喷嚏。

"都结束了。"里基·蒂基说道，"蛇寡妇不会再出来了。"住在草茎之间的红蚂蚁听他这么一说，一个接一个地排着队到洞里去看个究竟。

里基·蒂基在草丛里蜷起身体，席地而睡——一直睡到了傍晚，因为他辛苦了一整天。

"现在，"醒了的里基·蒂基说道，"我要回到屋子里去了。告诉铜匠鸟，达奇，他会让整个花园都知道纳吉娜已经死了。"

铜匠鸟能发出一种如小锤子击打铜罐的声音——他们之所以总是发出这样的声音，是因为他们是每个印度花园的消息传递员，负责把所有消息带给每一个对此上心的人。当里基·蒂基刚踏上小路，铜匠鸟就如一个小小的就餐铃一样发出了“请注意”的声音，然后又传来稳稳当当的“叮——咚——铛！纳格死了——咚！纳吉娜死了！叮——咚——铛！”这消息让花园里所有的鸟儿都欢唱起来，青蛙也呱呱地鸣叫——因为纳格和纳吉娜不仅吃小鸟，还吃青蛙。

当里基·蒂基来到屋门口时，泰迪、他的妈妈（她看上去依然面色惨白，因为她之前晕了过去）和他的爸爸都走了出来，他们差点为里基·蒂基痛哭起来。那天晚上他们给里基·蒂基吃了很多美味，直到他吃不下为止，然后他便爬上泰迪的肩膀上床睡觉了。深夜，泰迪妈妈到泰迪的房间来察看时，他仍在泰迪的肩膀上沉睡着。

“是他救了我们全家。”她对丈夫说，“想想吧，他救了我们所有人的命。”

里基·蒂基被动静惊醒了，他跳了起来——所有的猫鼬都不会睡得很死。

“噢，是你们啊，”他说道，“你们还在担心什么呀？眼镜蛇全都死了。就算还有，有我在呢。”

里基·蒂基当然有权为自己骄傲，但他也没有骄傲过头。他以一只猫鼬的方式守护着这个花园——用牙猛咬、跳起来猛冲——直到再也没有眼镜蛇胆敢在花园的围墙里露面。

## 达奇的歌

一首献给里基·蒂基·塔维的赞歌

我既是歌手也是裁缝，
所以我有双份欢乐。
我骄傲我的吟唱穿过天际，
我自豪我自己缝制的小窝。
树上树下，我编创着我的乐章，
织来织去，我构建着我的小窝。

再为你们这群小宝贝唱一首，
宝贝们的妈妈，噢，也请抬一抬头！
祸害我们的恶魔已经被铲除，
就在花园里，永远长眠。
藏在玫瑰间的魔鬼再无生机——被丢弃在粪堆之上！

是谁让我们能够高枕无忧？
大声告诉我他的巢穴和他的名字：
里基——英勇、真诚；

蒂基——有着火焰般的眼球。

里基·蒂基·塔维，有着象牙般的獠牙、烈焰般目光的猎手。

献给他来自鸟族的崇高感激，
展开尾羽鞠躬以表敬意！
让夜莺的歌声赞美他——
不，我要亲自赞颂。
听！我要唱给你们所有人听！
歌颂里基的大尾巴，歌颂里基的红眼睛！

（此时里基·蒂基打断了他，歌曲的剩余部分不知去向。）

我不会忘记我是谁，我受够了绳子和锁链。
我不会忘记我曾经的力量，
和我在丛林中的所有故事。
我不会为了一捆甘蔗，把自己的脊背出卖给人类，
我要去寻找我的族群，回到兽穴的兽民中。

我将走出去，直到黎明，直到破晓，
走到煦风的亲吻下，走到清泉的抚摸下：
我将忘记脚踝上的铁环，我将甩断拴住我的木桩。
我将与我失去的爱侣和自由无拘的同伴重逢！

# 大象们的图梅

卡拉·纳格——这个名字的意思是黑蛇——以一头大象能办到的所有方式为印度政府服务了四十七年。当年他被抓时才刚刚二十岁，而现在他已经快七十岁了——对于一头大象来说，这是高龄了。他记得他的前额上垫着一大块皮垫子，就这样推着陷在淤泥里的大炮前进，那还是 1842 年阿富汗战争之前的事。那时他的力气还没长足，他的妈妈，瑞德哈·皮芮，当年同卡拉·纳格一起被抓，她在卡拉·纳格的乳牙掉落之前就告诉他，胆小怕事的大象更容易受伤。卡拉·纳格知道这话千真万确，因为当他第一次看到炸弹爆炸时，尖叫着连步后退，结果退到了一个堆放来复枪的台面上，刺刀扎进了他身上最柔软的地方。于是，还没到二十五岁，他就再也不害怕了，这让他成了为印度政府服务的大象中最受喜爱且最被关照的。

在向印度北部行进的过程中，卡拉·纳格驮过一千二百磅重的帐篷，也曾被放在起重机的吊篮里再放到轮船上，经过几天几夜的海上漂泊，来到远离印度的一个满是岩石的陌生国家驮迫击炮。他亲眼目睹了皇帝西奥多死在马格达拉，后来又坐上蒸汽船回到印度——他听士兵们说，那艘船获得了阿比西尼亚战争勋章。十年后，在一个叫阿里·慕希德的地方，他看着跟他一起干活的大象死于严寒、癫痫、饥饿和中暑。之后，他又南下几千英里，在毛淡棉市[①]的一个木材厂里运送柚木。在那儿，有一头年轻的大象不听话还偷懒，被卡拉·纳格整了个半死。

再后来，卡拉·纳格从木材运输的岗位离开，被雇用去和几十头受过专门训练的大象一起抓捕加罗丘陵的野象。印度政府对大象的保护很严格，有一个机构专门负责猎捕和驯化大象，再把他们送到全国各地为人类工作。

卡拉·纳格站着的时候，到肩部就有足足十英尺高，他

---

① 缅甸孟邦首府，缅甸的第三大城市。

的象牙被切至五英尺长，末端用铜箍套着以防止开裂。但比起那些长着尖牙、没受过训练的大象，卡拉·纳格用这两根残牙能干的活要多得多。

在被抓捕后的几星期中，分散的野象会被小心翼翼地驱赶着穿过丘陵，最终这四五十头野象会被赶进一个围栏，接着一道用树干捆成的巨大吊门会在他们身后落下。然后，随着一声令下，卡拉·纳格会进入这怒火冲天的、乱哄哄叫着的象群（通常会在晚上，火把上的烈焰使得野象很难判断距离），教训那些体形最大、最不安分的野象，直至对方安静下来。与此同时，骑在其他象背上的人类会用绳子捆住小一些的大象。

卡拉·纳格，这头名为“黑蛇”的老象十分聪明，在打架战术上无所不知——他曾经不止一次勇敢地对战受伤的老虎。他会先把自己柔软的鼻子卷起来，以免受伤，然后从侧面对着冲过来的猛兽出击，迅速用头如镰刀割稻般把对手撞到半空中——整套战术都是卡拉·纳格自创的。撞翻老虎之后，再用他巨大的膝盖碾压老虎的身体，直到这条生命在喘息和惨叫中结束，地上只留下一具软塌塌的带条纹的死尸，等着被卡拉·纳格拉着尾巴拖走。

“没错。”他的赶象人大图梅说道。大图梅是把卡拉·纳

格带到阿比西尼亚的黑图梅的儿子，也是亲眼看到卡拉·纳格被抓的图梅的孙子。

“除了我，黑蛇无所畏惧。他见证了我们一家三代人喂养他、照料他，他还会看到我们家的第四代。”

“他也怕我。”小图梅说道，此时的他就算站直了，也仅仅四英尺高，身上只披着块破布。小图梅十岁，是大图梅的长子，根据当地风俗，他长大后会继承他父亲的工作，坐在卡拉·纳格的脖子上，手持驯象用的铁刺棒。那根铁刺棒已经被他的爸爸、爷爷和太爷爷磨得光溜溜的了。他知道自己在说什么，因为他正是在卡拉·纳格的身影下出生的，在学会走路前就会玩弄大象的鼻尖，刚学会走路就把卡拉·纳格带下了水。卡拉·纳格从没有想过不听从这个小家伙尖细的嗓音所发出的号令，正如大图梅把这个棕色皮肤的小婴儿放在他的象牙下，让他向这个未来主人致敬的那一天，他一点也没想过要杀死这个小婴儿一样。

“是的，”小图梅说道，“他怕我。”说着，他跨着大大的步子来到卡拉·纳格跟前，称他为老胖猪，还命令他把脚依次提起来。

“哇！”小图梅说，“你是一头高大的象。”说着，他晃了晃自己那颗长着蓬松头发的脑袋，学着爸爸的口吻继续说道，“政府会掏钱给大象，但大象是属于我们赶象人的。等你老了，卡拉·纳格，会有一个有钱的王公，因为你个头大、懂规矩而掏钱从政府那里买下你。到时候，你什么事也不用做，只要戴上金耳环，背上套个金象轿，身上披一块绲金边的红布头，走在国王队伍的最前面。我呢，就只管坐在你的脖子上，手持银象棒，那些手持金棍的人会跑到前面呐喊：‘都闪开，为国王的大象让路！’那将是多威风的事呀，卡拉·纳格！不过，它们即使再好，也不如在林子里打猎。”

“哼！”大图梅说，“你是个男孩，像水牛犊子一样野的家伙。这种在山里跑上跑下的差事，可算不上是政府派下的好活。我越来越老了，我可不喜欢野象。要是能给我砖砌的围场，一头大象一个棚，有大木桩子把大象拴得牢牢的，有平坦宽阔的大路用来训练大象，而不是这临时性的营地就好了。啊哈，坎普尔的营房就很合适，靠着营房还有街市，每天只要工作三小时。”

小图梅记得坎普尔的围场，他没再说话了。他更喜欢营地的生活，他讨厌平坦开阔的大路，讨厌每天在饲料仓里翻找草料，讨厌漫长的无所事事的时光——只能看着被拴在树桩上烦躁不安的卡拉·纳格。

小图梅真正喜欢的，是爬上只够一头象通过的马道；是通往谷底的斜坡；是瞥见几英里之外吃草的野象；是卡拉·纳格脚下到处乱跑的惊恐的野猪和孔雀；是一场让群山和峡谷都烟雾缭绕、朦胧不清的暖雨；是那些笼罩着薄雾的美丽清晨——没有人知道昨晚他们在哪里露营；是稳稳地、小心翼翼地赶着野象；是最后一夜野象如山崩时滑落的巨石般涌入围场时的狂奔、烈焰和喧嚣。当野象发现自己再也出不去时，就会往粗重的木桩上撞，而后又会被赶象人的吼叫声、熊熊的火把、连发的空弹赶回去。

即便只是一个小男孩，在那样的场合也能发挥作用，更何况是能抵上三个男孩的小图梅。他一边拿上火把挥舞起来，一边竭力地吼叫着。真正让人兴奋的时刻，是赶大象出去的时候。那时的可达——也就是捕象的围场——看上去简直像是一幅世界末日般的图景。人们不得不用手势交流，因为他们连自己说话的声音都听不见。然后，小图梅会爬到一根晃动的围场柱子的顶端，他那被太阳晒得褪了色的褐色头发散落在肩头，在火光下，他看起来就像一个小妖精。一旦喧哗声稍作停歇，你就能听到小图梅高声鼓励着卡拉·纳格，那声音盖过了野象们的吼声、撞击声、用力咬绳索的声音以及被拴住的大象发出的呻吟声。

“麦尔，麦尔，卡拉·纳格！（继续，继续，黑蛇！）当特嘟！（用牙扎！）索玛洛！索玛洛！（小心！小心！）玛若！玛若！（揍他！揍他！）小心柱子！啊呀！啊呀！嗨！耶！呀呀呀！”他就这样大叫着，卡拉·纳格和野象在可达围场中来来回回地交战，老捕象人擦去他们眼角的汗水，找机会对着柱子顶端高兴地摇摆个不停的小图梅点头示意。

小图梅做的事可不止摇摆身体。一天晚上，他从柱子上滑下来，溜进象群里。一个赶象人正在努力抓住一头乱踢乱蹬的小象的腿（小象总是比成年象更麻烦），却把松开的绳头掉在了地上，小图梅把绳头扔回给他。卡拉·纳格见到小图梅，用象鼻抓住他，把他交给了大图梅。大图梅扇了小图梅一巴掌，把他放回了柱子上。

第二天早上，大图梅骂了小图梅一顿。他训斥道："砖砌的围场不好吗？搬搬帐篷之类的活还干不够吗？你非得跑去亲自抓野象吗？你这个什么也干不好的小家伙。现在倒好，那些愚蠢的、收入还不如我的猎手去找彼得森·萨希卜说了这事。"小图梅一听，被吓住了。他不认识太多白人，彼得森·萨希卜是他在这个世界上认识的最厉害的白人。他是负责可达围场运转的头领——所有为印度政府抓捕的大象都是由他经手的，他比世上任何人都更了解大象的习性。

"那，接下来会怎样？"小图梅说。

"还能怎样！没好事，只有最糟糕的事会发生。彼得森·萨希卜是个疯子，不然他怎么会去抓这些野外的恶魔？他甚至可能要求你去抓大象，让你睡在到处都是热病的丛林里，最后在可达围场被野象踩死。还好这些传言已经平息了，下星期猎捕行动就结束了，我们这些来自平原上的人就要被送回自己的驻地去了。我们将在平坦的大路上前进，把捕象的事抛在身后了。但是儿子，你真不该搅和进这些只属于肮脏的阿萨姆丛林佬的活计里。卡拉·纳格只听命于我一人，所以我得和他一起进入可达围场——毕竟他只是一头好斗的大象，不会去帮忙拴野象。我只需要安心地坐着，这才是一个赶象人该有的样子——而不单纯是个捕象的猎人，是赶象人。我的意思是说，那种退休后能拿到退休金的象夫。图梅家族的象夫，难道会在可达围场的尘土中被踩在脚下吗？坏小子！淘气包！干不出好事的家伙！赶紧去给卡拉·纳格洗洗，注意他的耳朵，看看他脚上有没有扎到刺，不然彼得森·萨希卜准会把你抓去，让你抓野象——一个整天跟踪大象足迹的家伙，一头生活在丛林里的熊。呸！丢脸！快去！”

小图梅一言不发地走开了，但他借着帮卡拉·纳格检查脚的机会，把心中的不满全都倾诉了出来。“没什么大不了的，”小图梅一边把卡拉·纳格巨大右耳的边缘翻过来，一边说道，“就算他们把我的名字报给彼得森·萨希卜了，或许——或许——或许——谁知道呢？嗨！我拔出一根大刺！”

接下来的几天里，小图梅花时间把大象赶到一块儿，把新抓来的大象赶到两头温顺的大象中间来回走，防止他们在下山去平原的路上惹出太多麻烦。这几天里，他还清点了毯子、绳索以及在森林里用坏或弄丢的东西。

彼得森·萨希卜骑着他那头聪明的母象普德米妮来了。他之前已经结清了山上其他营地的工资，因为这一季的工作已经接近尾声。树下的桌子旁坐着一个当地的职员，正在给赶象人结工资。每个人领到钱后就返回到自己的大象旁，加入队伍准备出发。那些捕象人、猎象人和助猎人都是可达围场的长期工人，他们年复一年地待在丛林里，坐在属于彼得森·萨希卜永久财产的大象背上，或是手臂上挎着枪靠在大树旁，跟准备离开的赶象人开玩笑，也会在新来的大象冲出队列乱跑时哈哈大笑。

大图梅走上前领工资，身后跟着小图梅。追捕人的头领马舒瓦·阿帕小声对他的一个朋友说："他是块捕象的好材料，把这年轻的丛林小公鸡送回平原去褪毛太可惜了。"

彼得森·萨希卜需要监听野象这种世界上最安静的动物的动向，因此练就了极其敏锐的听力。一直躺在普德米妮背上的他转过头说道："你说什么？我怎么不知道这些平原赶象人里，有哪个男人聪明到能拴住哪怕一头死象。"

"不是男人，是个小男孩。在最后一次围捕野象的时候，他也进了可达围场。当时我们要把那头肩上有块红斑的小象从母象身边拖走，是这个小男孩把绳子扔给了巴矛。"

马舒瓦·阿帕指了指小图梅，彼得森·萨希卜看向他，小图梅立刻鞠躬致敬。

“就是他扔的绳子？他还没有尖木桩高呢。小家伙，你叫什么名字？”彼得森·萨希卜问道。

小图梅吓得不敢吱声。卡拉·纳格就在他身后，大图梅做了个手势，卡拉·纳格便用鼻子把小图梅提到了普德米妮前额的高度，这样他就在了不起的彼得森·萨希卜眼前了。小图梅用双手捂住了脸，他毕竟还只是个孩子，除了和大象有关的事，他像别的孩子一样害羞。

“啊哈！”彼得森·萨希卜胡子下的嘴巴一边笑一边说道，“你为什么要教你的大象这把戏？难道是等晒玉米穗的时候，帮你偷屋顶上的青玉米吗？”

“并不是要偷青玉米，穷人的保护者，而是偷瓜。”小图梅说道，此时周围的人群中爆发出一阵大笑。他们中的大多数人都在小时候教过自己的大象这种把戏。小图梅此时悬在离地八英尺的空中，但他真希望自己此刻在地下八英尺。

“他叫图梅，是我的儿子，萨希卜。”大图梅皱着眉说道，“他是个坏小孩，以后会进大牢的，萨希卜。”

“我可不这么认为。”彼得森·萨希卜说，“这个年纪的小男孩能面对一整个可达围场的象，想必是不会去坐牢的。

瞧瞧，小家伙，这儿是四安那，给你买糖吃，因为你这一头浓密的头发下可有个聪明脑瓜。或许在未来，你也会成为一个猎人。”大图梅的眉头锁得更紧了。

“但是，记住，可达围场可不是孩子玩的地方。”彼得森·萨希卜继续说道。

“我是不是不能再去那里了，萨希卜？”小图梅吸了口气问道。

“是的。”彼得森·萨希卜再次笑了起来，“等你看到大象跳舞的时候，就说明时机到了。看到大象跳舞就来找我，我会允许你进所有的围场。”

又是一阵大笑，因为捕象人都知道“看到大象跳舞”是句老套的玩笑话，意思就是永远也不会。丛林中隐藏着一些大块的平整空地，被称为大象的舞池。但即使这些地方被偶然发现了，也从没人见过大象跳舞。当一个赶象人吹嘘自己精湛的赶象技能和勇猛的胆魄时，其他的赶象人就会说：“你是什么时候看见的大象跳舞？”

卡拉·纳格把小图梅放了下来，小图梅再次鞠躬，随后跟着爸爸离开了，把四安那的银币给了正在照顾小弟弟的妈妈。他们一家都坐到了卡拉·纳格的背上，就这样，一队咕咕哝哝、长声尖叫着的大象下山前往平原。由于象队里有些刚猎捕来的大象，所以这趟行程颇为热闹，新象们每次涉水都要惹麻烦，需要不时地去哄骗或鞭打。

大图梅恶狠狠地戳着卡拉·纳格，因为他还在气头上。小图梅却激动得说不出话——彼得森·萨希卜注意到了自己，还给了他钱，他感觉自己像是一个被点名出列、得到上司嘉奖的士兵。

“彼得森·萨希卜说的大象跳舞是什么意思？”最后他实在忍不住了，轻声地问着妈妈。

大图梅听到他说话，咕哝起来：“他的意思是说，你永远也成不了这些追捕人中的一员，这就是他的意思。喂，前面怎么回事，是什么挡了道？”

两三头大象前面的地方，一个阿萨姆赶象人生气地转过身，喊道：“把卡拉·纳格带过来，撞撞我这头小象，让他规矩点。真搞不懂彼得森·萨希卜为什么要选我跟你们这些稻田里的傻驴一起下山。把你的象拉到我们旁边，图梅，让他用象牙刺刺这不识相的小象。我以山里的众神发誓，这些新来的象着了魔，要不就是他们闻到了丛林中同伴的气味。”

卡拉·纳格撞向新象的肋骨，削没了他的傲气。这时大图梅说：“最后一次围捕的时候，我们已经赶尽了山上的野象。都是你自己赶象的时候大意了，难道得靠我维持整个队伍的秩序吗？”

“听听他说的话！”另一个赶象人说道，“‘我们已经赶尽了山上的野象！’嗬！嗬！可真是聪明哟，你们这些平原上的人。除了没见过丛林的傻子，谁都知道野象们明白猎捕的季节结束了。因此在今夜，所有的野象将——我为什么要跟一只河龟费口舌呢？”

“今晚野象会做什么？”小图梅高声询问。

“哦，小家伙，是你在问？好吧，告诉你也无妨，毕竟你有一个冷静的脑袋瓜。大象们今晚会跳舞，而你爸爸赶尽了山上所有的野象，所以今晚得用双重锁链把大象锁在尖木桩上。”

“这是什么疯话？”大图梅说，“四十年来，我们父子两代人悉心照顾大象，还从没有听说过大象跳舞这样的胡言乱语。”

“是的，但是一个住在小屋里的平原人，也就只知道小屋的四面墙了。好吧，那今晚给你的象松开链子，看看会发生什么。至于大象的舞蹈，我见过那个地方，巴普里拜仆——迪汉河到底有几个弯？这儿又有个浅滩，得让小象们游过去。你跟在后面，别动。”

就这样，他们聊着天，吵吵闹闹、水花四溅地蹚过一条条河，完成了第一段行程，到达了一个接收新象的营地。但其实还离得很远时他们就没了耐心，发起脾气来。

在新营地，大象们的后腿被拴在了很大的尖木桩上，新象们还被拴上了额外的绳子，草料就堆放在他们眼前。山里的赶象人迎着下午的光线回去找彼得森·萨希卜了，他们告诫这些平原赶象人晚上必须格外小心，但当被问及缘由时，他们却只是哈哈大笑。

小图梅负责照管卡拉·纳格的晚餐。夜幕降临，他在营地里到处溜达，心里说不出的高兴，想找来一只手鼓敲。当一个印度小孩满心欢喜时，他不会到处乱跑，也不会一反常态地吵闹，他只会一个人坐下来独自偷乐。小图梅跟彼得森·萨希卜说话了！如果他找不到自己想要的东西，我相信他肯定会憋坏的，但营地里糖果店的老板借给了他一个小小的手鼓。小图梅在卡拉·纳格面前坐了下来，两腿一盘，星星们在天空中闪耀，他把手鼓放在大腿上，敲啊敲，敲啊敲，越想到自己得到的荣耀，他就敲得越使劲。他就这么一个人坐在草料堆间敲鼓，没有调子，没有唱词，单纯的敲鼓也让他兴奋不已。

新象们拉紧了拴住他们的绳索，不时地尖叫、吵嚷，但小图梅依旧能听到妈妈正在营地的小屋里哄小弟弟入睡，她唱着一首很老很老的、关于伟大的湿婆神的歌谣——湿婆神告诉了世上所有动物应该吃什么。这是一首很能安抚人的摇篮曲，第一段是这么唱的。

湿婆，送来了丰收，送来了清风，
很久以前的某一天，他就坐在门口，
给予每个人应有的那份食物、劳作和命运。
从宝座上的国王，到门口的乞丐。
所有这一切都由他创造——守护神湿婆。
神啊！神啊！他造就了一切——
骆驼的荆棘丛，母牛的饲料，
还有牵挂着酣睡的小脑袋的一颗母亲的心。
噢，我的宝贝小心肝！

每一段结尾处，小图梅都会欢乐地咚咚敲上两下，直到困意来袭，于是他便在卡拉·纳格旁边的草料堆上舒展开身体躺下了。

最终，大象们都按他们的习惯一个个躺了下来，唯有队伍右边的卡拉·纳格还站着。他缓缓地左右摇摆，耳朵伸向前方，聆听穿过群山轻轻拂来的晚风。随风而来的还有各种夜晚的嘈杂声，它们凑到一起反而衬出了夜晚的宁静——竹子互相擦碰的咔嗒声，灌木丛中小动物活动的沙沙声，一只半醒的鸟儿的抓挠声和咯咯声（鸟儿在夜间醒来的次数可比我们以为的要多得多），还有远处水流从高处落下的声音。小图梅睡了一会儿，醒来一看，月光已经普照大地，而卡拉·纳格依旧站在那儿，竖着耳朵。小图梅翻了个身，把草料弄得沙沙作响，他看着卡拉·纳格庞大的身躯挡住了一半的天空，月光下，他弯弯的背部轮廓清晰可见。正在这时，小图梅听见了一头野象发出“呜——嘟”声，由于声源太遥远，轻得像是在这夜的寂静中戳了一个针眼大小的孔。

队伍里的所有大象都如被枪击中了一样跳了起来，他们的咕哝声吵醒了赶象人，他们走了出来，用大头锤敲紧了桩钉，拉紧了绳子和绳结，直到大象们都安分下来。有一头新象差点把尖木桩给拔出来，于是大图梅取下卡拉·纳格的腿链，然后把那头新象的前脚和后脚拴在了一起。至于卡拉·纳格，大图梅只用一圈草绳拴在他的腿上，并告诉卡拉·纳格要记住自己已经被拴得紧紧的了。他知道自己、自己的父亲、自己的祖父以前已经这么干过几百次了。但这次，卡拉·纳格并没有如往常一样发出咯咯声作为回应。他站在那儿一动不动，透着月光张望着，头略微上扬，朝向重重叠叠的加罗丘陵，耳朵像扇子一样展开着。

“注意点儿，以防他晚上变得焦躁不安。”大图梅对小图梅说，然后就回到屋子里睡觉去了。小图梅刚想去睡觉，忽然听见草绳断裂的轻轻的一声，只见卡拉·纳格缓慢而安静地离开了他的尖木桩，就像一朵云涌出山谷口一般。小图梅跟在他后面，光着脚，借着月光，沿路小步快跑，压着嗓子喊道：“卡拉·纳格！卡拉·纳格！带上我！卡拉·纳格！”大象默默地转过身子，朝着月光下的小图梅迈了三大步，用鼻子提起他到脖子上。小图梅还没来得及坐稳，卡拉·纳格已经溜进了丛林。

围场里爆发出一阵愤怒的吼声，接着一切又归于平静。卡拉·纳格开始前进，有时一丛高草擦过他的身体，就如波浪冲刷着船的两侧；有时一簇野胡椒的藤蔓刮过他的脊背，或是一根竹子在他的肩膀擦过时发出咯吱声。除了这些时候，他的移动几乎是悄无声息的，如同加罗森林中的一阵风烟般飘了过去。卡拉·纳格继续向山上行进，尽管小图梅能透过树枝的间隙看到星星，但他判断不出方向。

很快，卡拉·纳格到了山路的最高处，暂时停下了前进的脚步。小图梅看到月光下的树顶星星点点，毛茸茸的，延绵好几英里。山谷中的河流上方弥漫着蓝白色的水汽。小图梅身子向前倾着，他看了看，感受到脚下的丛林仿佛睡醒了一般——清醒，鲜活，且拥挤。一只棕色大果蝠从他耳边一飞而过，灌木丛中一只豪猪的硬刺咯吱咯吱响，他还听见在树干间的黑暗中，一只野猪正在使劲拱着、嗅着那潮湿而温暖的泥土。

接着，小图梅头顶上方的树枝又开始移动，卡拉·纳格开始向着山谷出发——但这次不再悄无声息，而是如失控的枪炮般一口气下了一个大斜坡。卡拉·纳格巨大的四肢移动的时候如活塞一般稳当，每一步都有八英尺远，肘关节处褶皱的皮肤沙沙作响。他身体两侧的灌木丛不断开裂，发出撕开帆布般的声响。卡拉·纳格用肩膀顶开的左右两旁的小树又弹了回来，重重地撞着他的两肋。当他左右甩头开辟道路时，一串串缠绕着的藤蔓挂在了他的长牙上。小图梅压低身体贴着大象的脖子，以免弹回来的树枝把他抽到地上，此时他真希望自己能回到围场去。

草开始变得湿软起来，卡拉·纳格一脚踩下，陷了进去，咯吱作响。谷底夜间的湿气让小图梅感受到丝丝寒意，水流湍急，卡拉·纳格大步踏过河床，水花四溅，每一步都摸索着前进。流水在象腿周围旋转，哗哗作响。除了水声，小图梅听见了更多的水花四溅声和大象的吼声，上游、下游都有——大大的咕哝声，恼怒的鼻息声，围绕着小图梅的水汽里似乎满是起伏的黑影。

“啊！”他几乎惊叫起来，牙齿咯咯作响，“象群今晚出来了，那么，他们是要跳舞了吧！”

卡拉·纳格踩着水离开河流，把鼻子喷干净，又开始向上爬——但这回他不再独自前行，无须自己开路，路已经开好了。眼前的路有六英尺宽，路上弯曲的野草正渐渐重新立起来——一定有不少大象刚刚经过这条路。小图梅往身后看去，紧跟在他们后面的是一头巨大的野象，他刚从烟雾弥漫的河里上了岸，一双如小猪般的眼睛像烧红的木炭一样闪着火光。这时前方的树又并拢了起来，大象们走啊走，爬啊爬，一路上吼叫着，碰撞着，两侧树枝的折断声不绝于耳。

最终，在山顶的两根树干之间，卡拉·纳格停下了脚步。这两棵树和其他树一起围成了一个圈，围住了一片约三四英亩的不规则空地。小图梅看得出，这片地被踩踏得如砖地般坚硬。空地中央长着几棵树，但树皮已经被磨光了，露出树皮下白色的树干，在斑驳的月光下显得格外光滑闪亮。一些爬山虎的藤蔓自高处的树枝上垂下来，如牵牛花般的巨大蜡白色钟形花朵一动不动地挂在枝头，但是在空地的范围之内没有一片绿叶——除了被踏平的土地以外，什么都没有。

月光下的一切都是铁灰色的，除了那些大象所站的地方，他们的身影是更深的漆黑色。小图梅屏住呼吸静静地观望，入神得眼珠子都要从脑袋上掉下来了。就在这时，越来越多的大象摇摇摆摆地从树干之间走进这片空地。小图梅还只会数到十，他一遍一遍地掰着手指头，数着数着便忘了到底数了几个十，他的脑袋开始发晕。空地外传来大象开路上山的各种碰撞声，但一进入这圈树里，他们的行进就变得如幽灵般轻盈。

这些大象中，有长着白牙的野公象，脖子和耳朵的褶皱处满是落叶、坚果和小树枝；有步履蹒跚的胖母象，带着不安分的粉里透黑的小象，小象们还只有三四英尺高，在母亲的肚子下跑来跑去；有年轻力壮的象，正为刚刚长出的象牙而感到自豪；有皮包骨头的老母象，凹陷的脸上满是忧虑，鼻子像块粗树皮；有蛮横的老公象，从肩膀到腹肋满是从前打架留下的伤疤，他们在独自洗澡后结成的泥块从肩上掉落；还有一头断了象牙的大象，身上满是一道道老虎留下的可怕抓痕。

他们或是头挨头地站着，或是成双成对地在空地上来回走动，或是独自摇摆——大象有数十头之多。

小图梅很清楚，只要他安安静静地待在卡拉·纳格的脖子上，就不会有什么危险。即使在可达围场那样的混乱中，野象也不会把鼻子伸到被驯服的大象脖子上，把人给拽下来。而且这天晚上，大象们根本没想到会有人类在场。只有一次，他们听到森林里传来脚镣的叮当声，都吓了一跳，纷纷竖起耳朵。其实那是彼得森·萨希卜的坐骑普德米妮，她的脚链断了，她咕哝着，呼哧呼哧地上了山。她一定是弄断了锁她的尖木桩，从彼得森·萨希卜的营地直接过来的。小图梅还注意到另一头大象，他并不认识这头象，大象的背上和胸前都有很深的被绳子长期绑着留下的磨痕，必然也是从山里的某个营地跑出来的。

终于，丛林里不再传出大象赶来的声响，卡拉·纳格晃动着他的身躯，从树间他刚才所站定的地方走到象群中央，发出咯咯的声音，然后所有大象开始一边用象族的语言交流，一边来回走动。

小图梅仍然趴着，俯视着成群的大象：宽阔的象背，摇摆的象耳，挥舞的象鼻，转动的小眼。他还听到不同大象的象牙偶尔触碰发出的咔嗒声，象鼻缠绕在一起的沙沙声，大象庞大的躯干和肩膀互相摩擦的声音，还有他们的尾巴轻轻甩拍时的声响。接着，一朵云遮住了月光，他的眼前一片漆黑，但所有的声响都还在照常持续，所以他能断定卡拉·纳格依旧被象群包围着。对小图梅来说，他根本没有机会退出这场聚会，他只能咬紧牙关，打着寒战。在可达围场，至少有火把的光和大家的喊叫，但在这儿，小图梅只能孤立无援地缩在一片黑暗中。甚至有一次，一只大象提起的鼻子甩到了他的膝盖。

随后，有一头大象吼叫起来，其他大象也开始跟着吼叫，这可怕的吼声持续了五到十秒。露珠从头顶的树上滚落——像雨滴般落在看不见的象背上，然后一阵发闷的隆隆声响起，那声音起初不算大，小图梅分辨不出是什么，但后来便越来越响。卡拉·纳格提起一条前腿，再提起另一条，然后同时放下——一、二，一、二，像杵锤一样稳稳当当。此刻，所有的大象们一齐踏步，听起来像是在洞口敲击一架战鼓。露珠从树上滚落，直到一滴不剩，隆隆声仍然在继续，仿佛地动山摇一般。小图梅捂着耳朵试图遮挡这巨响，但巨大的震动声还是贯穿了他的整个身体——那是几百只象脚踩踏在坚实土地上的声响。有那么一两次，他感觉到卡拉·纳格和其他大象一起向前踏了几步，踩脚声变成了某种绿色多汁的东西被捣碎的声音，但一两分钟后，踩踏坚实土地的声音又卷土重来。在小图梅旁边，有棵树发出嘎吱嘎吱的声响，他伸出手臂摸了摸树皮，卡拉·纳格却向前移动起来，还不忘跺着脚，他无法分辨他们到底处在空地的什么位置。大象们很安静，除了有一次两三头小象一起尖叫起来。然后，小图梅听到重击声和象脚在地上拖拽的声音，隆隆声又响起了。这种情况足足持续了两个小时，小图梅浑身的神经都在作痛，但他根据夜晚空气的气味判断出，天快亮了。

晨曦给青山配上了浅黄色的背景，随着第一道光照耀大地，象群发出的隆隆声戛然而止，似乎这道光就是一道命令。小图梅脑袋里的嗡嗡声还在继续，他都没来得及换一个姿势，眼前的象群就全部消失了——除了卡拉·纳格、普德米妮和那头身上有绳子磨痕的大象，山下没有任何迹象、沙沙声或低语能表明消失的大象们去了哪里。

小图梅瞪大了眼睛左看右看，此时眼前的空地比他印象中昨夜的样子大多了，中间的树也多了，但是边上的灌木丛和野草都后退了。小图梅定睛看了又看，现在他明白昨晚的踩地声是怎么回事了，正是大象们踩踏出了更大的空地——他们把茂密的野草和多汁的藤条踩成残渣，残渣又被继续踩成碎片，碎片最后被踩成小纤维，小纤维最终变成了坚实的土地。

“哇！”小图梅说，他困得眼睛都睁不开，“卡拉·纳格，我的祖宗，让我们和普德米妮一起回到萨希卜的营地吧，不然我就要从你的脖子上掉下来了。”

第三头大象看到另外两头走了，哼哼着转了个圈也离开了。他的主人可能是五六十英里——甚至一百英里——之外的某个土著首领。

两个小时之后，彼得森·萨希卜正在享用着早餐，他的那些昨晚被双重锁链锁着的大象们吼叫了起来，肩膀以下沾满污泥的普德米妮和脚酸腿疼的卡拉·纳格摇摇摆摆地走进了营地。

小图梅脸色灰白，头发上满是落叶和露珠，但他还是竭力向彼得森·萨希卜行礼，用微弱的声音喊道：“那舞——大象跳舞！我看到大象跳舞了——我要死了！”当卡拉·纳格蹲下的时候，小图梅从他的脖子上滑落下来，晕了过去。

但是，由于当地的孩子身子骨结实得很，两小时后，小图梅已经满足地躺在彼得森·萨希卜的吊床上，头枕彼得森·萨希卜的狩猎衣，喝着热腾腾的牛奶，还来了点放了奎宁的白兰地。同时，他面前坐着三排满是伤疤的毛发旺盛的老猎人，像看着幽灵般看着小图梅。他把昨晚的经历简单概述了一下（孩子们总是喜欢长话短说），最后做了如下总结：

“讲完了，我没有一句谎话，你们可以派人去检验。你们会发现象群把他们的舞场踏出了更大的空地，而且你们会发现有十条加十条，许多个十条的小路通向他们的舞场。是他们用脚踩出了更大的空地，我可都看见了。卡拉·纳格带着我，所以我看到了。你们看卡拉·纳格的腿，他都累坏了。”

小图梅又躺下来，睡了一整个下午，直到日落黄昏。在他睡觉的时候，彼得森·萨希卜和马舒瓦·阿帕沿着两头大象的足迹翻过山丘走了十五英里。彼得森·萨希卜之前有十八年的捕象经验，但他只有一次找到过大象跳舞的地方。马舒瓦·阿帕则不需要往这空地上看第二眼，也不需要用脚尖去扒一扒那夯实的土地，就能判断出这里此前发生了什么。

“那孩子没说假话，”他说道，“这一切都是昨晚发生的。我数了数，有七十条路穿过河。看，萨希卜，那儿就是普德米妮脚上的铁链刮掉树皮的地方！是的，她当时也在这儿。”

他们四目相对，上下打量一番，很是疑惑，因为大象的这种行事方式超出了任何人类智慧所能理解的范畴。

“四十五年，”马舒瓦·阿帕说道，“我跟随我的象王四十五年了，还从来没有听说过一个人类孩子能亲眼看见这个孩子所见到的一切。我以所有的山神发誓，这是——我们能说什么呢？”他摇了摇头。

当他们回到营地时，已经是晚餐时间。彼得森·萨希卜独自在自己的帐篷里吃，但他命令营地里宰上两头羊和几只家禽，还要供应双倍的面粉、米和盐，因为他觉得该举办一次盛宴庆祝一下。

大图梅匆匆忙忙地从平原的营地跑来寻找儿子和大象，现在他找到了。他注视着他们，目光中好像满是畏惧。在燃烧的营地篝火旁，在一排排被拴在尖木桩上的大象前，一场

盛宴正在进行。小图梅是今晚的英雄——高大的棕色皮肤的捕象人、追象人、赶象人和捆象人，加上知晓所有制服野象的奥秘的人们，把小图梅从手中一一传递，还把一只刚宰杀的丛林野鸡胸口的鲜血涂抹在他的额头上，这表示他已被接纳为一名丛林人，不受制于任何一座丛林了。

最后，当篝火熄灭，木头上的红光把大象们也映照得像沾上了鲜血。马舒瓦·阿帕，可达围场的赶象人首领——另一个彼得森·萨希卜，四十年来从来没有见过一条人造路，伟大的马舒瓦·阿帕，没有谁的名气胜过他——高举着小图梅跳了起来，大喊道："听着，兄弟们，听着，那边的我的象王们，我，马舒瓦·阿帕，有话要说！这个小家伙从此不再叫小图梅，我们要叫他'大象们的图梅'，正如他的曾祖父那样，他在漫漫长夜里亲眼看见了谁都没有见过的情形，他拥有象群的喜爱和丛林诸神的庇佑。他将会成为一个伟大的追象人，比我马舒瓦·阿帕更伟大！他将以敏锐的目光追踪新的足迹，旧的足迹，以及新旧混合的足迹！在可达围场，即使他在大象肚子下奔跑去拴住野象，也不会被伤害；如果他在进攻的公象脚下滑倒了，也不会被踩踏，因为公象知道他是何人。啊哈！链子里的我的象王们，"他急速冲到尖木桩前，"这位小家伙见到了你们在隐蔽之地的舞蹈——这可是之前从未有人见过的！授予他荣耀吧，象王们！愿你们安好，我的孩子们。向这位大象们的图梅致敬！冈嘎·帕莎德，啊哈！希拉·古基，波奇·古基，卡塔·古基，啊哈！普德米妮——你在跳舞的时候见到他了，你也是，卡拉·纳格，我的大象宝贝！啊哈！全体一起！向大象们的图梅致敬！"

随着最后的那声狂叫，整个象群都提起鼻子，鼻尖触碰前额，然后一齐行出完整的大礼——那是只有印度总督能听到的洪亮持久的象吼声，是整个可达围场的致敬。

但此刻，这一切都是为了小图梅，因为他看到了此前从未有人见过的——象群在加罗丘陵腹地的深夜独舞！

## 湿婆和蚱蜢

这是小图梅的妈妈唱给小宝宝的歌

湿婆，送来了丰收，送来了清风，
很久以前的某一天，他就坐在门口，
给予每个人应有的那份食物、劳作和命运。
从宝座上的国王，到门口的乞丐。
所有这一切都由他创造——守护神湿婆。
神啊！神啊！他造就了一切——
骆驼的荆棘丛，母牛的饲料，
还有牵挂着酣睡的小脑袋的一颗母亲的心。
噢，我的宝贝小心肝！

他把麦子赐予富人，把小米赐予穷人，
把残羹剩饭赐予挨家挨户乞讨的圣徒；
家牛赏给老虎，腐肉赏给黑鸢，
破布烂骨送给夜晚无拘无束的恶狼。
在他眼里，万物没有高低贵贱之别。
身边的神妃帕尔芭蒂看着世人来来往往，
一时兴起要跟丈夫耍个花招，开个玩笑——

偷了只蚱蜢藏到怀里。

于是她戏弄起了丈夫——守护神湿婆。

神啊！神啊！回头看看。

高的是骆驼，重的是母牛，

但这只是最微不足道的东西，噢，我的宝贝小心肝！

在布施结束的时候，她笑着问：

“伟大的守护神啊，这芸芸众生中，还有谁是没有吃到食物的？”

湿婆笑着答道：“都得到了他们各自的一份啦，

包括躲在你怀里的小家伙。”

帕尔芭蒂从怀里取出了小家伙——这个小滑头！

小家伙的嘴里正咬着一片嫩叶！

看罢她心生敬畏，惊奇不已，向湿婆祈福，

正是他让众生免于饥肠辘辘。

所有这一切都由他创造——守护神湿婆。

神啊！神啊！他造就了一切——

骆驼的荆棘丛，母牛的饲料，

还有牵挂着酣睡的小脑袋的一颗母亲的心噢。

我的宝贝小心肝！

你可以用分数或比例法算出结果，

但是特威德尔敦的方法与特威德尔迪[①]不尽相同。

你可以把它扭来扭去，转来转去，编来编去，直到你放弃，

但是皮利-文姬的方法与文姬-珀普不尽相同！

① 特威德尔敦和特威德尔迪，《爱丽丝梦游仙境》中的一对双胞胎角色。

# 女王陛下的仆人们

整整一个月都在下大雨——这个聚集了三万个人，以及上千头骆驼、大象、马、小公牛和骡子的营地，正在等待印度总督的检阅。这里被称作拉瓦尔品第，总督正在接待来自阿富汗的阿米尔的造访。和阿米尔随行的有一支八百人马的警卫队，这是他们第一次来到营地，也是第一次看到火车。每天晚上，总是会有马匹挣断腿上的绳索，在黑暗中踩着烂泥在营地里胡乱穿行；要不就是几头骆驼挣脱了绳索四处奔跑，然后被帐篷的绳子绊倒。因此你可以想象，对那些准备睡觉的人来说，这些是多么令人“愉快”的事。我的帐篷离骆驼群很远，我本以为自己能远离这些吵闹。但有一天晚上，一个男人的头探进了我的帐篷，大喊道：“出来，快！他们来了！我的帐篷没了！”

我当然知道“他们”是谁，因此我穿上靴子和雨衣，匆匆离开帐篷踏入烂泥里。小维克森，我的猎狐梗①，从另一边冲了出来，接着是一阵咆哮声、咕哝声和汩汩的流水声。我眼看着支撑帐篷的杆子断了，帐篷塌了，如发狂的幽灵一般在风中舞动。原来是一头骆驼跌跌撞撞钻进了帐篷，和我一样浑身湿透，怒火冲天。我忍不住大笑起来，然后又继续跑，因为我可不知道到底有几头骆驼挣脱了绳索。我在泥地里飞奔，很快营地就消失在视线中。

最后，我撞到了一门大炮的炮尾，被绊倒了，我想我应该是跑到了晚上堆放大炮的炮兵营附近。由于我不想继续在这雨夜里奔跑，便脱下雨衣挂在大炮口上，用两三根撞杆搭了个简陋的小棚子，挨着旁边一门大炮的炮尾躺了下来，心中想着我的维克森不知去哪儿了，也不知道我这会儿到底是在什么地方。

正当我准备睡觉时，听见了挽具的叮当声和咕哝声，一

---

① 一种主要用于捕猎狐狸的小猎犬。

头骡子甩着它的湿耳朵经过我身旁。他应该是螺式炮兵连的骡子，因为我能听见绳子、铁环、链子和鞍垫上其他东西发出的咯吱声。螺式炮是一种特别袖珍的炮，由两部分组成，用的时候把两部分拧紧即可。这些炮被运到山上所有骡子都能有路可走的地方——在处处是岩石的国家打仗，这种炮可大有用处。

在骡子后面是一头骆驼，他那双又大又软的脚掌吱吱呀呀地在泥里滑动，脖子像一只迷路的母鸡般前后摆着。还好我了解很多动物的语言——当然，不是森林中野兽的语言，而是营地里动物的语言，从当地土著那里学到的——所以我知道他在说什么。

他一定就是那头摔进我帐篷里的骆驼，因为他对那头骡子说："我该怎么办？我该去哪儿？我刚刚跟一个晃来晃去的白色东西打了架，它用棍子揍了我的脖子（其实是我那根断了的帐篷撑杆，听他这么说我很得意）。我们该继续跑吗？"

"噢，原来是你，"骡子说道，"是你和你的朋友们搅乱了营地？好吧，明早你们会因为这事挨打，但我现在就可以给你些教训。"

我听到挽具叮当作响，骡子向后退，在骆驼的两肋踢了两脚，听起来类似于敲鼓的声响。“下次，”他说，“你下次就会明白最好别在骡子炮兵连里乱闯，也别大呼小叫‘有贼，失火啦’。坐下，让你这愚蠢的脖子别乱晃了。”

骆驼以其特有的方式弯下身子，就像一把两脚尺，然后他坐下抽泣起来。黑暗中传来一阵有规律的蹄声，随后一匹军马小跑过来，步子稳得像是在接受检阅似的，接着他跃过一门炮的炮尾，落在了骡子旁。

“真是可耻，”他鼻孔里冒着粗气说道，“那些骆驼居然又吵闹着穿过我们的队伍——这已经是本周的第三次了。一匹马儿在无法保证良好睡眠的情况下，怎么能有好的状态呢？是谁在这儿？”

“我是第一螺式炮兵连负责驮二号炮后膛部分的骡子，”骡子说道，“另一个是你的朋友，他也把我吵醒了。你是谁？”

“我是第九长矛轻骑兵团 E 连十五号——迪克·坎利夫的坐骑。请稍微往旁边站站。”

“噢，抱歉，”骡子说道，“太黑了，看不清。这些骆驼是不是很讨厌？我特意从队伍里溜到这儿，想图个片刻的清净。”

“我的老爷们，”骆驼谦卑地说，“我们晚上做了噩梦，我们很害怕。我只是第三十九步兵团驮行李的骆驼，不像你们那样英勇无畏，我的老爷们。”

“既然如此，你们为什么不在第三十九步兵团好好驮行李，跑到军营里来乱闯什么？”骡子说道。

“那些噩梦太可怕了。”骆驼说道，“我很抱歉——听！那是什么声音？我们是不是得继续跑？”

“坐下，”骡子说道，“不然你那两条长腿会在大炮间折断的。”他竖起一只耳朵仔细听着，“是公牛！”他说，“是拖大炮的公牛。我以我的名誉担保，你和你的朋友们把整个军营都吵醒了。要惊扰到一头睡着的拖大炮的公牛，可不是一般的动静能做到的。”

我听到一条链子在地上拖拉的声音，两头愠怒的白色公牛肩并肩走了过来——当大象不愿靠近火线时，就由他们来拖笨重的攻城加农炮。差一点踩到链子的是另一头炮兵连的骡子，嘴里正拼命地喊着“比利”。

“那是我们中一个刚入伍的，”老骡子对军马说，“他正在喊我。这儿，小年轻，别再乱叫了，谁也不会被黑夜伤害的。”

拖大炮的公牛们一起躺了下来，开始反刍[①]，年轻的骡子

---

① 俗称倒嚼，是指某些动物进食经过一段时间后，将半消化的食物从胃里返回嘴里再次咀嚼的行为。

则向比利身边挤去。

“那些东西！”他说，“可怕恐怖的东西，比利！我们睡觉的时候，他们闯入了我们的队伍。你觉得他们会杀了我们吗？”

“我这会儿真想狠狠给你一脚。”比利说道，“一想到你这么个训练有素的十四手[①]高的骡子，居然在这位绅士面前让整个炮兵连丢脸！”

“息怒，息怒！”军马说道，“别忘了，一开始都会这样的。我第一次见到人类的时候——当时是在澳大利亚，我才三岁——乱跑了半天。如果我看到的是骆驼，我也一样会跑的。”

几乎所有英国骑兵的马匹都是从澳大利亚带到印度的，并且由骑兵们亲自训练。

“确实如此。”比利说道，“别再抖了，小年轻。他们第一次把整套带链子的马具放在我背上的时候，我的前脚都提了起来，把马具全踢掉了。那时我并没有学过怎么去踢，但炮兵连的人都说他们从没见过这样的情况。”

“但叮当作响的并不是马具或其他什么东西。”年轻骡子

① 一种主要用于测量马的体高的长度计量单位，1 手约等于 10 厘米。

说，“你知道我现在并不介意那些东西了，比利。叮当作响的是那些像树一样的东西，他们在营地里上蹿下跳，发出呜呜的声音。我头上的绳子断了，我找不到我的主人，也找不到你，比利，所以我就乱跑——跟着这些绅士们。”

“嗯！”比利说，“我一听到骆驼们挣脱了绳索，我就自己悄悄跑了。当一个炮兵连——一头驮螺式炮的骡子称拖大炮的公牛为绅士时，他一定是受了很大的惊吓。那边的家伙，你们是哪儿的？”

拖大炮的两头公牛嚼着反刍的食物，异口同声地回答：“大炮连一号炮的第七对公牛。骆驼们来的时候我们还睡着呢。但他们踩到我们身上，我们就起身出来了。安静地在泥地里躺着总比在舒服的草垫上被踩来踩去要好得多。我们跟你这位朋友说没什么好怕的，但他知道得太多了，所以他不这么想。咳！”

他们继续嚼着。

“还是因为害怕呀。”比利说道，“炮兵连的大公牛都笑话你。希望你不介意，小年轻。”

年轻骡子的牙咔地合上了，我听到他说了一些关于不会害怕世界上任何一头健壮的老公牛之类的话，但公牛们只是互相碰了碰他们的牛角，然后照旧咀嚼着。

“现在，不要在受了惊吓后又发脾气，那样的话就是世界上最糟糕的胆小鬼。”军马说道，“我认为无论是谁，在晚上看到了他们无法理解的事物而受到惊吓，都是可以被原谅的。我们四百五十四匹马一次次地挣断拴着我们的尖木桩，只不过是因为一个新来的给我们讲了些关于澳大利亚家里的鞭蛇的故事，搞得我们连看到头上绳子松开的绳头，都能吓个半死。”

“这在营地里没什么问题。”比利说，“我自己也会为了取乐去跑上一通——在我有一两天没出去转悠的时候。但你现役是做什么的呢？”

“哦，这完全是两码事。”军马说道，“迪克·坎利夫会骑在我背上，膝盖紧紧地夹着我。我能做的就是注意观察把脚往哪儿放，并且保持我的后腿放在身下，听好缰绳的指挥。”

“什么是听好缰绳的指挥？”年轻骡子问道。

“我以澳大利亚乡村的蓝桉[①]发誓，”军马轻蔑地喷着鼻息说，“你的意思是说，你在工作中没有被教过要听好缰绳的指挥？那你什么事也干不成，除非你能在脖子上的缰绳

---

① 澳大利亚的一种独特树种，此处的军马来自澳大利亚，因此以蓝桉发誓。

被拉紧时立刻转身。这对于你的主人来说可是生死攸关的事——当然也关系着你的生死。在你感受到脖子上的缰绳收紧的时候，就要立刻用你身下的后腿一转。如果你没有足够的空间转身，那就抬起点后腿再掉转方向。这就是听好缰绳的指挥。”

“没人这样教过我们。”骡子比利生硬地说，“我们只被教导要遵从我们脑袋旁边的人的指令：让我们往东就往东，让我们往西就往西。我以为是一回事。现在想来，你们要做这么多高难度的动作，用后脚去站立，一定对你们的跗关节很不好，你是怎么应对的？”

“那要看具体情况。”军马说道，“一般情况下，我得走到一大群大喊大叫、拿着刀子、毛发旺盛的男人当中——他们拿的是那种闪闪发光的长刀，不如蹄铁工的刀好——并且我还得注意让迪克的靴子刚好挨着旁边人的靴子，但又不能挤压到对方。只要能看到迪克的长矛在我右眼的右边，我就知道我很安全。在匆忙行进时，我可不愿意成为直面迪克和我的人或马。”

“那些刀没有危险吗？”年轻骡子说。

“这个嘛，我有一次被刀割到胸口，但那并不是迪克的错——”

“如果伤到谁了，我就要追究到底是谁的错！”年轻骡子说。

“确实。”军马说，“如果你不信任你的主人，那你最好还是赶紧跑吧——一些军马就是这么做的，我觉得无可厚非。但那次，正如我说的，并不是迪克的错。他躺在地上，我尽量伸展开身体免得踩着他，结果他用刀把我划伤了。要是再有下次，我不得不跨过一个躺着的人的时候，我准会重重地踩在他身上。”

“嗯！”比利说，“这听起来很愚蠢，刀在任何时候都是凶险的东西。正确的做法是装上一个稳稳当当的马鞍再去登山，同时用好你的四条腿和两只耳朵，静悄悄、慢悠悠地扭摆着身子一路前行，直到在高出旁人几百英尺的岩架上站住，脚下的空间只够放下你自己的蹄子。然后，站好别动，保持安静——绝不要让人拉住你的头，小年轻——在人们组装大炮的时候保持安静，之后你就会看到一个个小小的罂粟壳掉到岩壁下很远很远的树顶上。”

“你没栽过大跟头吧？”军马说。

“据说当一头骡子栽跟头时，你就能把母鸡的耳朵撕开。”比利说，“有时候，就算是一个放歪了的鞍垫也会让骡子抓狂，当然这事不多见。真希望能向你展示一下我们的工作——很酷哦。没错，我花了三年时间，才搞明白人们下的指令都是什么意思。这事的奥秘，就是绝对不要让自己显露在天空的背景下，否则你就有可能挨子弹。记住了，小年轻，尽可能把自己隐藏起来，哪怕要偏离自己的路线一英里远。遇到需要用这种方式爬山的时候，我都是在给炮兵连带队。”

“还没机会跑入开火的人群，就已经挨了子弹！”军马若有所思地说，“我可受不了这个，我得和迪克一起冲锋陷阵。”

“噢，不，你可别。要知道一旦那些大炮就位，它们会去冲锋陷阵的，很严谨，很利落。而刀嘛——呸！”

驮行李的骆驼来回摆动他的脑袋好一会儿了，他迫切地想插上话。然后，我听到他清了清嗓子，紧张地说：

“我——我——我也是上过战场的，虽然用的不是那种爬山或是奔跑的方式。”

“确实。既然你提到了，”比利说，“你看着不像是天生擅长爬山或奔跑的——不太像。好吧，说说看，你是怎么上战场的，老草包？”

“对我们更适用的方式，”骆驼说，“我们都会蹲下——”

“啊？那兜在我尾巴下的皮带还有胸甲怎么办？”军马低声说，“为什么要蹲下？”

“我们都会蹲下——我们有一百个兄弟呢。”骆驼继续说道，“在一个大大的方形场地上蹲着，人们会把行李和鞍垫堆放在场外，他们趴在我们的背上开火——反正那些人就是这样做的，朝外四处开火。”

“那都是些什么人？还是所有来的人都这样？”军马说道，“在骑术学校的时候他们教我们躺下，然后让我们的主人越过我们开火。但我只信任迪克·坎利夫这么做，因为这会碰到我的肚带，搞得我痒痒的。而且我的头会贴在地上，我什么也看不见。”

“是谁越过你身体开枪有什么所谓呢？”骆驼说，“在我身边会有很多人和很多骆驼，到处烟雾弥漫。我一点儿也不害怕，我要做的就是安分地蹲着，等着。”

“可是，”比利说，“你连晚上做个噩梦都会惊扰整个营地。得了，得了，别提蹲下了，在我躺下让人越过我开火之前，我的脚跟就会忍不住想和他的脑袋‘谈谈心’。你们听说过这么可怕的事吗？”

对于这个问题，大家沉默不语。长久的沉默后，一头拖大炮的公牛仰起他的大脑袋说道：“这也太蠢了吧。打仗的正确方式只有一种。”

“噢，继续说。”比利说，“请别管我说的。我猜你们这些家伙是站在尾巴上战斗的吧？”

“只有一种方式。”两头公牛齐声回答（他们一定是一对双胞胎），“只有唯一的一种方式——只要双尾巴一吼叫，我们二十对公牛就会齐刷刷被赶到大炮旁（双尾巴是营地里对大象的俗称）。”

“双尾巴为什么要吼叫？”年轻的骡子说。

“为了表示他不会再向另一边的烟雾靠近了，双尾巴是个超级胆小鬼。然后，我们就一起用力地拖大炮——嘿呀！嘿呦！嘿呀！嘿呦！我们既不会像猫那样爬，也不会像鹿那样奔跑。我们二十对公牛横穿平原，直到身上的牛轭被再次卸下来，我们才会停下来吃草。这时，那些大炮会越过平原，对围着泥墙的城镇喊叫，泥墙会随之一片片脱落下来，尘土飞扬，就像牛群回家时的场景。”

“哦！你们正好趁这个时间吃草，是吧？”年轻骡子说。

“那个时间可以，其他时间也可以。进食总是美好的事。我们会一直吃，直到再次被套上牛轭，然后拖着大炮回到双尾巴等着的地方。有的时候，城里的大炮会回击，我们中的一些牛会死去，这样一来，就会剩下更多的草供我们这些活下来的牛吃，这就叫命运——一切都是命中注定。无论如何，双尾巴是个超级胆小鬼。这才是正确的打仗方式。我们两兄弟来自哈布尔，我们的爸爸是湿婆的圣牛——这些我们刚才已经说过了。”

“好吧，今晚我也算是有所收获。”军马说，“你们两位螺式炮兵连的绅士们，当大炮对着你们开火，双尾巴就在你们身后时，请问这种时候你们还想吃草吗？”

“想，就和我们想蹲下让人们摊开四肢趴在我们身上，或是想闯入拿着刀的人群里一样想。我没听过他们说的那些，一道岩架，一个稳当的担子，加上一个你信任的、让你自由选路的主人，我就是你的骡子。但是别的事——别想！”比利说着跺了一下脚。

“当然，”军马说，“大家都生来不同，并且我很确定你的家族——我是说你爸爸那边——知道的事情不多。”

“你不许提我爸爸那边的家族！”比利气呼呼地说，因为每头骡子都不喜欢被提及自己的爸爸是头驴，“我爸爸是一位来自南方的绅士，他能把遇上的每匹马都撂倒、咬烂、踢个粉身碎骨。记住了，你这个棕色的傻大个布朗比！”

“布朗比”的意思是没有被驯化的野马。想象一下，要是一匹街头拉车的马把苏诺儿[①]称作“不中用的老马”，她

① 十九世纪九十年代的一匹著名赛马。

会是什么心情，你就能想象得到此时这匹澳大利亚军马作何感受了。在这黑夜里，我几乎能看到他的白眼。

“好好听着，你这个进口马拉加公驴的儿子，”他龇着牙狠狠地说，“我要让你知道，我妈妈的家族中可是有墨尔本杯的获奖者卡宾。在我的老家，我们可不习惯被什么玩具枪连队里鹦鹉嘴、猪脑袋的骡子们无理取笑。准备好接招了吗？”

“用你的后腿站起来呀！”比利尖声嚷道。此时他俩都站了起来，脸对着脸，我正期待看一场干架好戏，这时黑暗中传来了低沉的隆隆声：“孩子们，你们这是要干什么？安静点。”

他俩恶狠狠地哼了一声，低下了身子，因为无论是马还是骡子，都受不了听见大象的声音。

“是双尾巴！”军马说，“我可受不了他。两头都有尾巴，不公平！”

“我也这么觉得，”比利说着挤到军马的边上，“我们在某些事上还是很相像的。”

“我猜那是因为我们都是母马的孩子，”军马继续说，“这没什么好争论的。你好，双尾巴，你被拴着吗？”

“是的。”大象一边说，一边笑着扬起了鼻子，“每天晚上我都被拴在木桩上。我听到你们这些家伙刚才说的话了。但别担心，我不会靠近你们的。”

公牛和骆驼低声说：“谁怕双尾巴——简直胡扯！”公牛接着说：“我们很抱歉您听到了那些话，但事实如此。双尾巴，当大炮开火时，您为什么会害怕呢？”

“是这样的，”大象说，他用一条后腿蹭蹭另一条后腿，像是一个小男孩准备念诗，“我不清楚你们是否能理解。”

“我们确实不理解，毕竟得我们拖那些大炮。”公牛说。

“我知道，并且我还知道，你们比你们自己以为的还要勇敢。但我不一样。有一次，炮兵连的队长说我是皮厚且不识时务的家伙。”

“我猜那是另一种战斗方式吧？”比利说，他正在恢复精神。

“你当然不明白那是什么意思，但我明白。那是一种不好不坏、不高不低的中游状态，我就处在这样的状态中。我的脑袋能够想象得出一个炮弹炸开时会发生什么事，但你们公牛就想象不出来。”

“我能想象，”军马说，“至少能想出一点。我努力不去想这些。”

“我比你想到的多，而且我会努力去想。我明白，我得照顾好自己，因为我要是病了，没有谁能治好我。他们只会停掉我主人的薪水，直到我痊愈。而且，我其实也信不过我的主人。”

“啊哈！”军马说道，“这就讲得通了。我就信任我的主人迪克。”

“你可以放一个军团的迪克在我背上，我也不会觉得好受些。我知道的刚好足以让我感到不舒服，却不足以让我不顾大炮继续往前走。”

“我们不明白。”公牛说道。

“我就知道你们不明白，我又没跟你们说话。你们都不知道血是什么。”

“我们知道，”公牛说，“血是红色的，会渗进地里，还有怪味。”

军马踢了踢腿，跳了一下，喷了喷鼻息。

“别提了，”他说，“我光是想想都感觉能闻到它。迪克没骑在我背上的时候，这东西让我想跑。”

“这儿又没有血，”骆驼和公牛齐声说，“你怎么这么蠢哪？”

“这东西脏得很，”比利说，“我不想跑，但我也不想提起它。”

“你们可说到地方了！”大象摇着尾巴说。

“当然，我们整晚都在这地方。”公牛们齐声说。

大象跺着脚，脚上的铁环叮当响。“嘿，我不是在跟你们说话。你们的脑袋里根本看不到东西。”

“不，我们有四只眼睛可以看，”公牛说，“我们直直地向前方看。”

“如果我能那样看，就根本不需要你们去拖大炮啦。如果我能像我的连长那样——他在开火前能看到脑袋里的东西，然后全身发抖，但他懂得太多，反而不会逃跑。如果我像他那样，我就能拖大炮啦。可是如果我那么聪明，我就不会在这儿了，我会成为森林之王——就像我曾经那样，每天睡个半晌，想洗澡就洗澡。如今我已经一个月没好好洗澡了。”

“那样当然很惬意，”比利说，“但给一件东西取个长名字，并不能让它变好。”

“嘘！”军马说，“我想我明白双尾巴的意思。”

“你马上就会更明白的。”大象气呼呼地说，“现在你就给我解释一下，为什么你不喜欢这样！”

他开始扯足了嗓子怒吼。

“别叫了！”比利和军马一起说道，我甚至能听到他们跺脚和浑身发抖的声音。大象的吼声总是很可怕，尤其是在晚上。

“我不会停下来的！”大象说，“我问的问题你还没解释呢，回答我！嗷呜！嗷！嗷呜！嗷！”突然，他停了下来，我听到黑暗中有轻轻的呜咽声，原来是我的维克森终于找到了我。她跟我都清楚，这世上如果有一样大象最害怕的东西，那一定是一只吠叫的小狗。所以她停下来，去威吓被尖木桩拴住的大象，绕着那双大脚对他狂吠。大象吓得挪着步子尖叫：“走开，小狗！”他说道，“别在我的脚踝附近闻来闻去，小心我踢你。好小狗——小可爱，快，回家去！你这个乱吼乱叫的坏家伙！天哪，怎么就没人来把她带走？她马上要咬我了！”

“在我看来，”比利对军马说，“我们的朋友双尾巴害怕的东西可真不少。你瞧，如果我每次在阅兵场踢狗就能换来一顿饱餐，我现在都能长成和双尾巴一样的大块头了。”

我吹了吹口哨，维克森跑到了我跟前，满身是泥。她舔了舔我的鼻子，跟我发表了一番她在营地到处找我的长篇大论。我从来都不让她知道我能听懂动物们的语言，否则她就会为所欲为了。我解开扣子把她抱到胸前，再裹进大衣里面。大象还在那儿跺着脚，自己对着自己吼。

“不可思议！太不可思议了！”他说，“我们家族的每头大象都是如此。那讨厌的小东西跑哪儿去了？”

我能听到他用鼻子东嗅西嗅的声音。

“看来我们都在不同程度上受到了影响。”他哼了哼鼻子继续说，“刚才我吼叫的时候，想必你们这些绅士都被吓到了。”

“确切地说，不是被吓到。”军马说，“只是这吼叫声让我感觉有一群大黄蜂在我的马鞍附近飞来飞去。可别再这么吼了。”

“我倒是被一只小狗吓到了，但那头骆驼是被晚上的噩梦吓到的。”

“幸运的是，我们可以各自用不同的方式打仗。”军马说。

“我想知道，”那头半晌没发话的年轻骡子说，“我想知道的是，为什么我们要去打仗呢？”

“因为我们就是这么被命令的。”军马轻蔑地喷着鼻息说。

“命令。”骡子比利说，他的牙咔地合上了。

“哼唷——嗨（这就是一种命令）！”骆驼咳了一声说道。大象和公牛又重复了一遍：“哼唷——嗨！”

“是的，但是谁来下达命令呢？”新入伍的骡子问。

“那个走在你脑袋旁边的人。”

“或是坐在你背上的人。”

“或是牵着你的鼻绳的人。”

“或是拧着你的尾巴的人。”比利、军马、骆驼、公牛依次说道。

“但又是谁给他们下达的命令呢？”

“你想知道的太多了，小年轻。”比利说，“这样会挨踢的。你需要做的，就是听从你脑袋旁边那个人的命令，不要问问题。”

“他说得很对。”大象说，“因为我在中游状态，所以我不会总是遵从命令。但比利没错，你只管遵从挨着你的那个人下达的命令就好，不然你会让整个炮兵连乱套的，而且还要挨鞭子。”

公牛们站起身准备出发：“天快亮了，”他们说，“我们得回到我们的队伍里去了。我们确实只能看见眼睛前面的东西，也算不上很聪明，但我们依然是今晚唯一没有被吓到的。晚安，各位勇士们。”

没有谁应答，军马想转换话题，于是说：“那只小狗呢？小狗在的地方一定有人。”

“我在这儿，”维克森吠叫起来，“就在炮尾，和我的主人在一起。那头跌跌撞撞的大骆驼，把我们的帐篷都掀了。

我的主人很不高兴。”

“哟！”公牛说，“他一定是白人吧？”

“当然，”维克森说，“难道你觉得我被一个放牛的黑人照管着？”

“哞！哦哟！啊呀！”公牛说，“我们还是快快出发吧。”

他们在泥地里往前冲，不知怎么把牛轭套上了弹药车的杆子，卡住了。

“你们已经尽力了。”比利平静地说，“别再使蛮劲了，就算到天亮你们也拉不出来。这到底是怎么回事？”

公牛们的鼻子里发出长长的嗞嗞声——这种声音是印度牛特有的。接着他们铆足了劲往前拉，挤作一团，滑向一侧，用力往下一踩，再一个打滑，差点双双摔进泥地里。他们大口地喘着粗气。

“很快，你们就会把脖子都扭断。”军马说，“你们有必要那么害怕那些白人吗？我整天都和他们在一起。”

“他们——吃——我们的肉！拉！”近处的公牛说，正在这时，牛轭突然砰的一声断了，他们这才停了下来。

我之前从来不知道为什么印度牛如此惧怕英国人。我们确实吃牛肉，但牛肉是一种牧牛人自己绝不碰的东西——牛当然也不会喜欢的。

“让我用鞍垫上的链子把自己抽一顿吧！谁能想到像这样的两个大块头居然会掉脑袋呢？”比利说。

“没关系，我去找这个人。据我所知，大多数白人口袋里都有好东西。”军马说。

“这样的话，我可要先走了。毕竟我自己也说不上特别喜欢他们。而且，没有地方睡觉的白人很可能是贼，我背上可驮着好些政府物资呢。一起来吧，小年轻，得回我们的队伍里去了。晚安，‘澳大利亚’！我猜明天我们会在接受检阅的时候见面的。晚安，老草包——试着控制一下你的脾气好吗？晚安，双尾巴！如果你明天在场上经过我们，可别乱吼，那会破坏我们的队形的。”

骡子比利拖着重重的脚步，像一个老兵那样，趾高气扬且一瘸一拐地走了，而军马把脑袋伸到我跟前，用鼻子蹭了蹭我的胸口，我给了他一些饼干。与此同时，维克森，这只相当自以为是的小狗，对他吹嘘说我给她养了好几十匹马。

“明天我会坐在我的狗推车里去参加检阅，”她说，“你会在哪儿？”

“我会在第二中队的左侧，由我控制队伍的行进速度，狗女士。”军马彬彬有礼地说道，“现在我得回去找迪克了。我的尾巴上都是泥，他得花上两小时的工夫帮我好好拾饬一番——为了检阅。”

那天下午参加大检阅的有三万人，维克森和我在一个靠近印度总督和阿富汗的阿米尔的好位置。阿米尔头戴着高大的黑色俄国羔羊毛帽子，帽子中间还镶嵌着一颗硕大的钻石。检阅的第一部分在阳光下进行，只见步兵团整齐地抬着腿，一浪接着一浪地走过，他们手里的枪也整齐划一，看得我们的眼睛都花了。然后是骑兵团，随着《邦妮·邓迪》[1]的优美旋律缓缓跑来，维克森坐在推车里竖起了耳朵。枪骑兵第二中队迅速通过，那匹军马就在队伍中，他的尾巴像纺成的丝线，头被拉到胸前，一只耳朵在前，一只耳朵在后，掌握着全队的速度。他的腿行进起来，如华尔兹舞步般流畅顺滑。接着走来的是炮兵团，我看到了双尾巴和其他两头大象并列排成一排，拖着一台使用四十磅重炮弹的攻城加农炮，后面还跟着二十对牛——第七对用的是一副新牛轭。这两头牛看上去有些不自然，满脸疲惫。最后是螺式炮兵连，骡子比利摆出一副统领全军的姿态，他的挽具上了油，擦得油光锃亮。我为骡子比利欢呼，但他坚持目不斜视。

---

① 原名 Bonnie Dundee，1825 年由沃尔特·斯科特创作的歌曲，被英国军队的诸多兵团用作团进行曲。

雨又开始下了起来，一时间变得雾蒙蒙的，难以看清部队的动向。他们在平原上围起了一个大大的半圆，再慢慢展开呈一条直线。这条线越拉越长，从一翼到另一翼足足有四分之三英里长——一道由人类、马匹和大炮组成的坚固“城墙”。接着，这道“城墙”径直走向总督和阿米尔，随着他们越来越近，大地都晃了起来，这感觉好像站在发动机飞速运转的轮船的甲板上。

除非身临其境，不然你无法想象军队像这样稳步逼近时，会给观众带来怎样震撼的感受——尽管大家都知道这只不过是检阅。我看着阿米尔，在这之前，他没有表现出一丝惊吓或别的什么情绪，但此刻他的眼睛越睁越大，他拉紧了马脖子上的缰绳，朝后看了看。有一会儿，他仿佛要拔出剑，从他身后坐在马车里的英国男女间杀出一条路来。随后，整个行进队伍停了下来，大地也不晃了，全体敬礼，三十支乐队同时奏乐。就这样，阅兵结束了，所有兵团冒着雨离开，返回自己的营地，一支步兵团乐队开始演奏——

动物们成双成对打道回府，
万岁！
动物们成双成对打道回府，

大象和炮兵连的骡子们都上了方舟，

为了逃脱这场雨！

然后我听到一位满头灰白色长发的老酋长在向一位当地军官发问——这位酋长刚才陪同阿米尔一起下了马。

“那么，”他说，“如此神奇的事是怎么办到的呢？”

军官回答：“就是一道命令，大家遵命行事。”

“可是，那些野兽也能跟人一样聪明吗？”酋长说道。

“他们跟人一样听从命令。骡子、马、大象、公牛，都听从他们主人的命令，他们的主人服从中士的命令，中士服从中尉，中尉服从上尉，上尉服从少校，少校服从上校，上校服从统帅三个团的准将，准将服从将军，将军服从总督，总督则是女王的仆人。神奇的事就是这么办到的。”

“要是在阿富汗也能这样就好了！”酋长说，“因为我们那儿的人，只听从自己的意愿。”

“正是因为这样，”当地军官捻着胡子说，“你们这位不服从的阿米尔必须来到这儿，听命于我们的总督。”

## 营地动物进行曲

炮兵团的大象

我们把大力神的力量借给亚历山大，
大脑里的智慧、膝盖的灵活都借给他；
我们低下脖子服役，鞠躬尽瘁，死而后已——
让出路来，让给宽达十英尺的象队，
他们可是拖着能发射四十磅重炮弹的大炮！

拖大炮的公牛

那些戴着挽具的英雄能避开炮弹，
但深谙炸药的威力令他们很是烦心；
然后我们行动起来，再次拖起大炮——
让出路来，让给二十对上轭的公牛，
他们可是拖着能发射四十磅重炮弹的大炮！

骑兵团的马

以我肩上的烙印发誓，最美妙的曲调
是由枪骑兵、轻骑兵、龙骑兵来共同演奏，
于我而言，那比“马厩”或是“水”更加甜美，骑兵进行曲《邦妮·邓迪》！

喂饱我们，驯服我们，驾驭我们，照料我们，
给我们配上好骑手，给我们足够的空间，
让我们排成一列列中队，
瞧一瞧战马用自己的方式演绎《邦妮·邓迪》！

### 螺式炮兵连的骡子

当我和同伴们一起爬上一座小山，
脚下的路被滚石淹没，但我们继续前行，
因为我们能走弯路，也能攀登，
我的伙伴们哪里都能去得了，
这是我们登顶时的喜悦，我们还有一两条腿的余力！

祝福每一个信任我们所选之路的中士，
但所有不会装驮的赶骡人可没份；
因为我们能走弯路，也能攀登，
我的伙伴们哪里都能去得了，
这是我们登顶时的喜悦，我们还有一两条腿的余力！

## 给步兵团的骆驼

我们没有属于自己的骆驼之歌来帮助我们前行，

但每一个脖子都是一支毛茸茸的长号

（哩嗒——嗒——嗒——嗒！一支毛茸茸长号！）

这就是我们的进行曲：

不能！不要！不该！不会！

沿着队伍一路传递！

有个伙伴的包袱从背上滑落，

真希望那是我的包袱！

有个伙伴的行李掉到了路上——

为驻足吵闹而欢呼！

呦！耶！嚯！啊！

有个伙伴被抓到了！

## 所有兽群合唱

我们是营地的孩子，

各尽其力，各司其职；

我们属于牛轭和刺棒，

包袱和挽具，鞍垫和行装。

看，我们的队伍正穿越平原，

就像绑脚的绳索弯弯曲曲，
前进，扭动，滚向远方，
一路奋进，奔赴战场！
尽管走在一旁的人类，
风尘仆仆，一言不发，神色凝重，
不明白我们或者他们
为何日复一日地行进受累。
我们是营地的孩子，
各尽其力，各司其职；
我们属于牛轭和刺棒，
包袱和挽具，肉垫和行李。